LA GEÔLE
DES INNOCENTS

DE LA MÊME AUTRICE

Mon combat pour sauver Raïf Badawi, L'Archipel, 2016.

ENSAF HAIDAR

LA GEÔLE DES INNOCENTS

roman

traduit de l'arabe (Arabie saoudite)
par François Zabbal

l'Archipel

Ce livre est une œuvre de fiction.
Toute ressemblance avec des personnages réels serait donc fortuite.

Notre catalogue est consultable à l'adresse suivante :
www.lisez.com/larchipel/45

Éditions de l'Archipel
92, avenue de France
75013 Paris

ISBN 978-2-8098-4043-8

Notre courage à chasser l'animal vertueux est bien plus grand que celui que nous déployons contre les animaux féroces.

(Proverbe)

Histoire de Rachwan

1

Pire qu'une étable ! Un vrai cloaque, dont ne voudraient même pas les bêtes. Une odeur pestilentielle émane de la latrine de ma cellule. Indignées de ma présence, des colonies de cafards et autres insectes occupent l'espace jusqu'au moindre recoin. Ce sont les habitants légitimes de cette cellule immonde, les prisonniers n'en sont que les hôtes de passage.

Trois murs nus en béton brut encadrent ce réduit de deux mètres de long sur un mètre et demi de large. On y accède par une porte métallique encastrée dans le quatrième côté de la cellule. À peine puis-je me tenir debout, tant le plafond est bas. Je me cale sur des lambeaux de couverture. C'est tout ce que j'ai pu obtenir pour dormir. Je ferme les yeux, tentant désespérément de trouver le sommeil, mais ma mémoire me ramène aux premiers jours de mon service militaire, dans la caserne d'Al-Dimas, en Syrie, à quelques kilomètres de la frontière libanaise. Je me souviens de Bachar, l'assistant qui peaufinait les supplices les plus tordus pour punir les recrues rétives comme moi à la discipline de l'armée. Il nous traitait de jeunes efféminés, de fils à maman qu'il se jurait de dresser. Tout au long de mes années de conscription à rallonge, j'ai été son souffre-douleur, jusqu'au jour où un officier m'a libéré de son joug en me prenant comme aide de camp. Je suis devenu le chauffeur de sa famille, qui m'a accueilli comme l'un de ses membres.

Aujourd'hui, cela fera trente jours que je suis à l'isolement, attendant de comparaître de nouveau devant l'officier de police judiciaire qui m'a envoyé en prison tant que je n'aurais pas reconnu ma liaison avec mon amie Siham.

— Tu paieras cher ton obstination. Je ferai tout pour que tu demandes enfin à me voir et que tu avoues, m'a-t-il lancé, virulent, à la fin de l'interrogatoire, avant d'ordonner à un soldat de me reconduire en cellule.

Je me tourne vers la fourmi que j'ai emprisonnée il y a quelques semaines dans un gobelet en plastique transparent. Je m'assois devant elle, comme chaque jour. Je ressens le besoin de parler, peu importe qu'elle comprenne ou non le langage des hommes. L'essentiel est que je puisse m'épancher, en guise de réconfort.

J'ai aimé sincèrement Siham et je pense qu'elle a éprouvé pour moi le même sentiment. Nous avons, pendant plus d'un an, vécu comme un couple marié. Elle n'appréhendait pas le monde de la même manière que moi, mais c'est elle qui avait pris l'initiative de notre relation.

Tout marchait bien entre nous, mais l'Arabie n'est pas vraiment l'endroit du monde où les amants peuvent laisser librement s'épanouir leur passion. Quoique étrangers tous deux, nous ne sommes pas autorisés à louer une chambre d'hôtel ou à nous installer ensemble dans une location. Seul un couple marié le peut. En réalité, le seul fait de nous rencontrer est une infraction punie de coups de bâtons, dans le meilleur des cas. La police religieuse veille partout au strict respect des normes édictées par les religieux saoudiens qui adhèrent au wahhabisme, la doctrine officielle du pays. La principale se résume par l'interdiction de toute mixité dans l'espace public. Pour moi, c'est un sacré changement par rapport à ma vie quotidienne à Alep, où marcher dans la rue bras dessus bras dessous avec une fille est d'une grande banalité.

Cependant, mon emploi de chauffeur m'offrait un avantage certain en me permettant de passer sans encombre entre les mailles du filet. Quand je retrouvais Siham, je la faisais monter à l'arrière, si bien qu'avec la belle livrée que j'arborais je passais pour son chauffeur, et personne ne s'avisait de nous interroger sur notre relation. Je suis l'accompagnateur, l'esclave ; un point c'est tout. J'ai un logement et surtout un patron prêt à tout pour me sortir des situations les plus difficiles. Je le crois, du moins !

Et Siham, qui est-elle vraiment ? Qui est le garant et tuteur de cette femme indomptable et ensorceleuse ? Siham reste pour moi une énigme que je ne parviens pas à percer. Un mystère qui ne se dissipera sans doute jamais. Elle ne peut vivre en célibataire indépendante, elle doit s'abriter au sein d'une maisonnée. Domestique ou épouse, elle a besoin d'une tutelle.

Mon lien avec elle était le téléphone mobile : elle m'appelait et je la rejoignais à l'endroit qu'elle m'indiquait. Mais il n'était pas aisé d'en trouver un. Nous ne pouvions nous risquer dans un restaurant ou une boutique d'un centre commercial car, à tout instant, nous aurions été sommés par la police de prouver notre lien de parenté, tant les contrôles étaient nombreux et inopinés. Le plus souvent, c'était le monde de la nuit et des fêtes privées qui nous accueillait, pour peu que nous en possédions le sésame.

À ma stupéfaction, elle a fini par m'apprendre qu'elle était divorcée et qu'elle avait une fille nommée Nour. Son ex-mari est l'un des rares Saoudiens à avoir épousé une Yéménite en conformité avec la loi stipulant qu'une autorisation préalable doit être délivrée par les autorités. Avec l'exode de milliers de Yéménites fuyant les combats, le gouvernement a mis en garde les citoyens saoudiens contre les unions illégales avec des personnes « non identifiées », selon le jargon officiel. Apparemment, tel n'était pas le cas de Siham, dont l'ex-mari venait de reprendre contact avec elle et demandait à la revoir. Siham était convaincue qu'il n'avait nulle intention de se remettre en couple avec elle et Nour, en la prenant éventuellement comme deuxième épouse. Il la désirait charnellement, c'est tout. Il était vexé et frustré aussi ! Il avait été informé de notre relation et n'en était que plus déterminé à soumettre à sa volonté de puissance la magnifique Siham.

J'ai alors été contraint de reloger Siham à plusieurs reprises, mais il parvenait toujours à découvrir sa nouvelle adresse. C'en devenait extrêmement pénible et cela nous coûtait cher. Financièrement et moralement. Mais que faire ?

Un jour, Siham, bouleversée, m'appelle à son secours. Son ex-mari a finalement réussi à l'attirer dans un piège, elle me supplie de l'en sortir au plus vite. J'ai compris plus tard qu'elle avait été la victime de son avidité maladive. J'ignorais alors tout de sa trilogie sacrée : argent, liberté et sexe. Son ancien compagnon l'avait appâtée en lui promettant une grosse somme.

Au téléphone, elle sanglote doucement et me demande de venir la soustraire à ses griffes. Il l'a séquestrée dans la chambre d'un motel de Rehaily, un complexe commercial et hôtelier situé à plus de vingt kilomètres des quartiers résidentiels de Djeddah. La libérer, c'était comme sauver un otage des mains de terroristes. Secourir la veuve et l'orphelin, en d'autres termes ! Mon sang n'a fait qu'un tour.

J'arrive sur les lieux en me guidant grâce à la carte GPS envoyée par Siham depuis son smartphone. Je me gare loin du portail principal et longe le mur d'enceinte, jusqu'à trouver un arbre dont l'une des branches le frôle. Y grimper et basculer de l'autre côté n'est pas chose aisée. Mais j'y parviens et découvre Siham sur les genoux, sa fille dans les bras, une grande valise posée à côté d'elle. Elle ne parle pas, elle pleure et sa fille dort. Il nous faut maintenant trouver un moyen d'escalader le mur tous ensemble, au lieu de franchir à pied le portail, contrôlé par des agents de sécurité. Je cherche alentour et finis par dénicher une échelle de bois vermoulue que je dresse contre le mur.

— Viens, ma chérie. Passe-moi la petite et grimpe la première. N'aie crainte, je suis derrière toi. Fais vite avant qu'elle ne se réveille.

Sans me répondre, Siham avance d'un pas lent, comme sous l'emprise d'une drogue. Je la soutiens jusqu'au sommet du mur. Puis elle saute de l'autre côté en s'appuyant sur une branche. Fort heureusement, le mur n'est pas si haut. Je la suis, portant Nour dans mes bras.

Nous montons en voiture et je mets le contact, tremblant encore de tous mes membres, quand brusquement Siham pousse un cri :

— La valise ! On l'a oubliée…

Je cours la récupérer. De retour dans la voiture, je me tourne vers elle et me voilà pris d'un fou rire. Elle s'esclaffe aussi, tandis que des larmes coulent de ses yeux. Nous restons quelque temps ainsi, secoués tous deux par un rire hystérique causé par un mélange de peur et de joie.

Plus tard, j'ai appris que son ex-mari lui avait proposé 10 000 rials pour passer deux jours avec lui dans un motel familial. Il avait loué un chalet dans le complexe Rehaily, aménagé pour des sorties familiales, comme il est courant ici, en Arabie saoudite. L'appât de l'argent aidant, Siham avait accepté sans rechigner. Une fois seul avec elle, son ancien compagnon s'était précipité sur elle et lui avait arraché ses vêtements. Il s'était mis à la gifler et à la frapper pour la soumettre et l'humilier, avant de la pénétrer violemment. Puis il lui avait infligé des coups de fouet, lui zébrant les fesses de traces rouges. Plus elle pleurait et suppliait, plus il s'excitait et la violentait. Les sanglots et les cris de Nour, leur fille de deux ans, n'y firent rien. Au bout de quelques heures, gagné par la fatigue, il s'arrêta enfin de la battre et s'endormit sans se soucier de l'état de sa victime. Siham en profita pour subtiliser son téléphone portable et les clés du chalet. Dans ses poches, elle ne trouva que 4 000 rials au lieu des 10 000 promis. Elle sortit, ferma la porte à clé et m'appela pour que je vienne la prendre.

Ma chère fourmi, je ne te cacherai pas l'immense abattement que j'ai ressenti en comprenant pourquoi Siham m'avait appelé, moi plutôt que la police. Plus tard, elle m'a expliqué que la police les aurait jetés tous deux en prison, sous l'accusation d'entretenir des rapports illicites, en d'autres termes de se trouver ensemble dans un lieu clos, alors qu'ils ne sont plus mari et femme.

Je ne cesse de penser à elle. L'ont-ils placée comme moi dans une cellule ou l'ont-ils relâchée ? Depuis notre arrestation, je n'ai eu aucune nouvelle d'elle. Les derniers moments passés ensemble remontent à notre entrée au commissariat, menottes aux poignets.

Je sais, chère fourmi, que tu t'interroges sur la raison de notre arrestation. Je sais aussi que tu as entendu, bien malgré toi, des milliers d'histoires racontées par ceux qui ont séjourné avant moi dans cette cellule. Tu t'es apitoyée sur le sort de certains détenus et tu t'es moquée des autres. Sans doute as-tu ressenti aussi du mépris pour ceux qui avaient commis des crimes odieux. Comment vas-tu accueillir l'histoire de mon arrestation ? Je me le demande…

Je commencerai par les circonstances qui m'ont amené jusqu'à la porte de cette cellule. Il me faut préciser que jamais, au grand jamais, je n'avais imaginé me retrouver un jour en prison. Délits et crimes sont si contraires à mon tempérament pacifique et à ma peur atavique du conflit. J'ai été marqué aussi par les principes que m'a inculqués ma mère. Elle avait fait de la tolérance un culte, au point de sombrer parfois dans la bêtise. De toute ma vie d'enfant, puis d'adulte, je n'ai jamais été impliqué dans aucune bagarre, que ce soit à l'école ou dans le quartier.

Quand je me suis démené pour faire avancer mon permis de séjour et de travail en Arabie saoudite, pas un instant je n'aurais pensé que je me préparais fiévreusement à une longue incarcération.

En 2012, la guerre qui avait commencé l'année précédente frappait aux portes d'Alep. Après d'interminables discussions entrecoupées de pleurs et de lamentations, j'ai réussi à convaincre ma mère qu'il était temps de quitter la ville avec ma grande sœur. La situation ne pouvait qu'empirer. Je trouverais bien un passeur connaissant les pistes sûres à travers les collines boisées du Nord-Ouest. Il nous déposerait à un point de passage discret sur la frontière turque, un complice nous attendrait de l'autre côté pour nous conduire à Alexandrette.

À Adana, sur la côte sud-est de la Turquie, où ma famille et moi étions réfugiés, je ne pouvais espérer que les boulots mal payés que voudraient bien me confier ceux de mes compatriotes plus fortunés qui avaient réussi à monter de petites entreprises. Beaucoup de jeunes comme moi choisissaient plutôt de partir pour l'Europe, en empruntant des réseaux clandestins – non sans risque. Et puis, il fallait de l'argent, beaucoup d'argent, pour les passeurs. Je n'en disposais pas.

Un jour, j'ai croisé en pleine rue un ami d'enfance, réfugié comme moi dans cette ville portuaire turque. Il était là depuis plus longtemps et avait eu la chance de décrocher récemment une promesse d'embauche dans une boîte saoudienne. Il prenait l'avion le lendemain.

— Que dirais-tu de me rejoindre ? me demanda-t-il soudain.

— J'en serais ravi, bien sûr, lui répondis-je, mais ne faut-il pas au préalable un emploi et un garant ?

Il me promit de m'aider à un trouver un, une fois sur place.

Quelques semaines plus tard, il m'appelait :

— Toujours d'accord pour venir en Arabie ?

— Oui, bien sûr.

— Aimerais-tu faire le chauffeur chez un particulier ? Logé, nourri, et des pourboires en plus du salaire…

Je ne pouvais rêver mieux ! Mon ami m'indiqua alors la marche à suivre pour obtenir un visa et un permis de travail.

En me préparant au départ, j'étais à mille lieues d'imaginer qu'en Arabie saoudite j'aurais affaire à la police religieuse. Dès notre première rencontre, Siham m'a parlé de cette redoutable brigade des mœurs, dont les membres commettent des actes odieux, tant sur les Saoudiens eux-mêmes que sur les résidents étrangers. Je lui avais demandé le sens des mots « police religieuse ». Elle m'a répondu qu'il s'agissait d'un organe officiel chargé de faire respecter les prescriptions religieuses de la façon la plus stricte. Il contrôle le comportement et la tenue des personnes dans l'espace public. Les femmes sont particulièrement surveillées par cette police qui leur impose le port du voile et leur interdit de conduire une voiture. Il vérifie aussi que les commerçants ferment bien leur boutique aux heures de prière. Pour corriger les récalcitrants et les mettre dans le droit chemin, les membres de cette milice n'hésitent pas à utiliser leur long bâton en public. Ils sont même autorisés à procéder à des arrestations. Leur vigilance puritaine va jusqu'à s'exercer sur la vie privée des individus au moyen de dénonciations anonymes ou non.

— Sais-tu, me dit-elle, qu'ils vont dans les restaurants et les souks, interceptant des couples pour vérifier si vraiment l'homme et la femme ont un lien familial au premier degré ?

En d'autres termes, la femme qui accompagne un homme ne peut être que sa sœur, sa fille ou sa femme. Imagine-toi être mis en prison du seul fait que tu te serais trouvé assis au côté d'une femme dans un espace public…

Tout a commencé quand Siham a cessé de prendre la pilule, sans respecter notre accord. C'est même par hasard que j'ai découvert qu'elle était enceinte de deux mois. Ce fut un choc, je pensais que nous étions suffisamment adultes pour nous plier à des règles aussi élémentaires, d'autant qu'en Arabie saoudite la grossesse hors mariage est un crime grave. Nous le savions tous deux. Quant au mariage, il était exclu pour de nombreuses raisons, la principale étant que Siham aurait perdu la garde de sa fille ; elle serait revenue automatiquement au père. Nous avons résolu de recourir à un avortement clandestin. Lequel présentait forcément des risques, mais on nous avait recommandé une sage-femme dont on disait beaucoup de bien. Elle pratiquait chez elle en secret. Un rendez-vous fut pris par téléphone. J'y accompagnai Siham. Hélas ! L'opération a mal tourné, une hémorragie interne s'est déclarée. Il a fallu d'urgence faire admettre Siham en soins intensifs dans une clinique de Djeddah.

Rongé d'inquiétude, j'ai passé de longues heures dans la salle d'attente, en face du bloc opératoire. Soudain, deux hommes barbus ont fait irruption, m'ont saisi brutalement et m'ont traîné à l'extérieur. Là, ils se sont mis à me frapper avec leur bâton. Des membres de la fameuse police religieuse, officiellement dénommée « Département de la défense du bien et du pourchas du mal ». Venus exprès pour nous arrêter, Siham et moi. Un employé du bureau d'accueil de l'hôpital nous avait dénoncés.

J'ignore, chère fourmi, si tu tiens la grossesse de Siham pour un acte criminel et dont je porterais la responsabilité, comme ces inquisiteurs l'ont prétendu. Ou bien ton avis est-il sans doute plus conforme aux mœurs et aux jugements des peuples et des États démocratiques et civilisés sur des questions de ce type. Dans la négative, je comprendrais aisément ta position car tu n'es en fin de compte qu'une fourmi saoudienne !

L'insecte remue frénétiquement sous le gobelet. C'est tout à fait inhabituel. Elle en a sans doute marre de m'écouter. Aussi je décide de soulever le gobelet et de la libérer : je lui ai confié tout ce que j'avais à lui dire.

2

Le soldat ouvre la porte. Il m'ordonne de ramasser mes affaires et de sortir. Non pour me libérer, mais pour me conduire la prison centrale de Briman. Je ne porte sur moi qu'une chemise de coton blanc et un pantalon de coton noir. Ce sont les habits que j'avais au moment de mon arrestation ; je n'en ai pas d'autres.

Je marche lentement vers la voiture de police. Je me retourne, cherchant Siham des yeux. Mes chevilles me font mal à l'endroit des fers. Le soldat qui m'accompagne refuse de les desserrer un peu pour atténuer le frottement. J'hésite longtemps, puis je lui demande ce qu'il est advenu de Siham. Il me pousse violemment à l'intérieur de la voiture :

— Tu t'habitueras aux menottes, me dit-il en ricanant.

Nous passons sans encombre les trois portails de la prison. Le soldat assis à l'arrière se tourne vers moi :

— Misérable… Que Dieu te vienne en aide. Entrer en prison est plus facile qu'en sortir !

Abasourdi, je regarde autour de moi machinalement, la tête pleine de Siham, toujours rayonnante et joyeuse.

Elle me sourit, mais désormais il n'y a plus de place que pour la souffrance sur une route longue qui mène en enfer.

Au bureau des admissions, je rejoins un groupe de détenus et continue d'avancer jusqu'à ce qu'on me hèle :

— Toi, le nouveau. Oui, toi. Le type aux cheveux longs ! Va au fond de la salle et assieds-toi par terre.

Là se trouve le groupe des nouveaux prisonniers.

Tout ici est chaos et puanteur. Mes narines sont saturées d'odeurs fétides. Personne ne paraît s'en soucier. Je le vois dans leur regard.

Mon tour arrive. La tondeuse électrique va et vient sur mon crâne. La même machine a dû servir déjà à des dizaines, des milliers de prisonniers. Les touffes de cheveux tombent par terre en saccades. À cet instant, je me souviens du refus obstiné de Siham de me laisser raccourcir mes cheveux.

Un officier remonte la file des prisonniers. Il scrute chacun de nous d'un œil inquisiteur. En arrivant à ma hauteur, il s'arrête :

— Levez-vous. Nom et nationalité ?

— Rachwan Naasane, je suis syrien, monsieur l'officier.

— Aha ! Ça se voit que tu es de Damas. C'est quoi, ton problème ?

— Monsieur, je suis innocent. Je n'ai commis aucun crime.

— Tous ceux qui arrivent ici disent qu'ils sont innocents ! Réponds-moi. Je t'ai demandé ton chef d'inculpation, je me fiche que tu sois innocent ou pas.

— L'inspecteur m'a dit que j'étais accusé de relation illicite.

— Aha ! Une relation illicite… Qui est la fille accusée avec toi ?

— Une amie du Yémen.

— Ton amie ?… Mais alors, comment peux-tu affirmer que tu es innocent ?

Je garde le silence quelques secondes. L'officier insiste :

— Eh, toi ! Je t'ai posé une question, réponds !

— En vérité, je ne sais comment vous l'expliquer.

— Je vois que c'est la première fois que tu te retrouves en prison. Tu as l'air de quelqu'un d'instruit et de bonne famille. Que Dieu te vienne en aide ! Tu verras ici des choses que tu n'as jamais vues de ta vie. Je suis le capitaine Saoud. Demande à me voir si tu as besoin de quoi que ce soit.

— Pardonnez-moi, capitaine, que voulez-vous dire ? Quelles sont ces choses que je n'ai jamais vues de ma vie ? Je suis pacifique et je ne cherche querelle à personne. Mettez-moi s'il vous plaît dans une cellule individuelle.

— Ne te méprends pas sur ce que j'ai dit. Je t'explique : il y a dans cette prison près de dix mille personnes, appartenant à des dizaines de nationalités différentes. Parmi elles, il y a toutes sortes de criminels issus de tous les milieux. La plupart sont des récidivistes, leur dossier croule sous les délits et les crimes. Quant aux autres, ils ont été arrêtés pour des délits d'opinion ou impliqués dans des crimes commis sous la pression des circonstances. Bien entendu, on trouve parmi eux des personnes honorables et d'autres qui ne le sont guère. À toi de te prémunir contre les criminels dangereux et de t'en éloigner. Surtout, garde-toi de la drogue. Bref, tiens-toi à l'écart de tout ce qui est suspect et tu te garantiras un séjour tranquille.

— Capitaine, ce que vous me dites là est terrifiant. Je vous demande de nouveau d'avoir la bonté de me placer dans une cellule individuelle.

— Je ne peux le faire que si tu as contrevenu au règlement intérieur de la prison, car ici la cellule individuelle est une sanction.

— Merci de votre amabilité, capitaine.

— En tout cas, je te souhaite de t'en sortir sans trop de casse. Nous avons de la considération pour les prisonniers respectables. Observe tout simplement le dicton : si tu n'es pas un loup, les loups te mangeront.

J'avance avec la file des nouveaux, sans savoir où nous nous rendons. On dirait un troupeau de moutons menés à l'abattoir. Nous arrivons au centre de contrôle, dont l'entrée est munie d'un portique électronique semblable à celui des aéroports. Une fois passé celui-ci, le prisonnier est pris en charge par la police militaire, qui procède à une fouille individuelle, par palpation, après avoir demandé à chacun de se dépouiller de tous ses habits, y compris les sous-vêtements.

Je me soumets à la procédure et l'on me dirige vers l'un des contrôleurs. Il entreprend de me palper méthodiquement sous les aisselles et les testicules, à la recherche de je ne sais quelle arme. Brusquement, il enfonce ses doigts dans mon anus, de façon si brutale et si humiliante que je proteste.

— Je dois vérifier que tu n'as pas enfoncé dans ton cul des objets interdits, me répond-il froidement.

Je ne sais quoi dire tant je suis stupéfait… Je me rhabille rapidement en tâchant de comprendre. Quelles choses interdites réussit-on à cacher dans son propre fondement ?

Je poursuis ma route parmi le troupeau de détenus jusqu'à la section des admissions. À l'entrée, un gardien quadragénaire saisit nos dossiers, que lui tend le soldat qui nous accompagne. Il semble être le responsable. Il nous oriente vers un homme chargé de nous ôter menottes et fers. Apparemment, c'est notre point d'arrivée.

L'homme appelle les noms inscrits sur la liste qu'il tient en main. Le prisonnier qui entend le sien se dirige alors vers l'entrée du bâtiment.

— Rachwan Naasane, syrien…

Je franchis la porte métallique du bâtiment et me trouve au milieu d'un long couloir flanqué, de part et d'autre, de huit dortoirs se faisant face. Ceux-ci font environ vingt mètres carrés et sont délimités par de gros barreaux métalliques qui vont du sol au plafond.

À l'entrée du couloir, un passage mène à un petit oratoire. Tout au fond se trouvent les toilettes. Le bloc n'est pas très rassurant. Un groupe d'Asiatiques pratique des activités sportives en jogging, sans se soucier de la cohue. Leurs muscles sont gonflés et leur corps est couvert de tatouages. Non loin, un homme de petite taille est assis devant un réchaud, des gobelets en carton et des sachets de thé.

Au fond du couloir, un attroupement se forme brusquement. Je m'approche et découvre deux prisonniers qui se battent âprement, tels des bateleurs. Chose bizarre : l'attroupement qui s'est formé les observe sans intervenir.

Je ne me sens pas bien et cherche un coin tranquille pour reprendre mes esprits… L'atmosphère est suffocante. Le couloir, qui ne fait pas plus de quatre mètres de large, est envahi de prisonniers assis ou couchés à même le sol, serrés les uns contre les autres. J'enjambe un nombre incalculable de corps affalés ou recroquevillés et me dirige vers les toilettes. Je peine à avancer.

Horreur ! Les toilettes aussi sont bondées. C'est un cloaque épouvantable. Quelqu'un me retient par la main et m'indique une place libre à proximité des latrines.

— Tu peux te mettre là-bas, me dit-il. Prends donc ce morceau de carton pour dormir.

Je me cale sur le carton, joins mes mains autour de mes chevilles et me livre au sommeil.

Soudain, une intense douleur au pied me réveille en sursaut. Un rat dodu mord placidement mon orteil nu. Un rat bien gras, à l'air vilain. Je le repousse du pied et l'abreuve d'injures. À côté, un homme m'interrompt :

— Calme-toi donc ! Tu as l'air nouveau. Il te faudra un peu de temps pour t'habituer à la vie en prison. Jusque-là, prends les choses comme elles viennent. Moi, c'est la seconde fois que je suis incarcéré dans cette prison.

— N'empêche que cet endroit est épouvantable. Les gens sont entassés les uns sur les autres. Comment peut-on dormir dans les toilettes ? C'est inhumain, on traite mieux les animaux !

— Pas de chance pour toi, tu arrives dans le mois où le nombre des arrestations s'accroît. Mais ne t'en fais, notre séjour ici est provisoire. C'est un centre d'accueil pour les nouveaux prisonniers. Demain, au plus tard, on nous triera et on nous répartira dans les différents blocs. Tu auras peut-être la chance de te retrouver dans une section moins peuplée.

— Merci de me donner un peu d'espoir. Sais-tu s'il y a un moyen de téléphoner à ma famille ?

— Oui, bien sûr. Il y a des prisonniers qui louent leur téléphone portable. Deux minutes pour un rial. Attends ici, je vais t'en procurer un.

Je me sens rassuré de savoir qu'il existe un moyen de communiquer avec l'extérieur. J'appelle ma mère, toujours à Adana avec ma sœur. Je prétends que tout va bien et promets d'appeler régulièrement.

3

Le lendemain matin, on rassemble les nouveaux, ceux arrivés la veille en même temps que moi. On doit nous emmener d'abord à l'infirmerie.

— Deux par deux ! aboie le soldat chargé de nous accompagner, tandis qu'un autre nous passe les fers aux pieds.

Une paire pour deux prisonniers, qui se retrouvent liés ensemble par les chevilles, la droite de l'un attachée à la gauche de l'autre.

L'infirmerie se situe dans l'enceinte de la prison. Un médecin entreprend de vacciner chaque prisonnier contre la tuberculose, la maladie la plus répandue parmi les détenus. Il me questionne sur mes antécédents et ceux de ma famille. L'infirmerie semble disposer d'un équipement médical de haut niveau, mais manque cruellement de personnel. C'est ce que je comprends des échanges d'un aide-soignant avec un prisonnier non loin de moi.

Une fois vaccinés, nous sommes dirigés vers une section chargée d'affecter chacun de nous à un bloc.

C'est un petit bureau avec une table en bois gravée d'inscriptions anciennes et surmontée d'une montagne de dossiers et de documents. Ici se trouve le cœur de la prison, appelé pompeusement « centre de commandement et de contrôle ».

— Lève-toi et accompagne ce jeune Syrien à son bloc, ordonne le capitaine à l'un des soldats.

J'ai compris qu'on me destine au bloc 11. Le militaire me conduit à un bâtiment de trois étages, en face du grand portail d'entrée de la prison. Mon bloc se trouve au premier étage, entre le bloc 10 du rez-de-chaussée et le bloc 12 du deuxième étage, réservé aux grands criminels. Cet ensemble de blocs est appelé par les prisonniers « le Solarium », parce que ses pensionnaires peuvent se promener au soleil à certaines heures.

J'entre et découvre des mines sinistres. L'endroit lui-même ressemble dans une large mesure au bloc des entrées. Quelques prisonniers viennent à ma rencontre, comme il est de coutume ici quand un nouveau arrive. Leur première question porte sur mon pays d'origine.

— D'où je viens ? De Syrie.

— Syrien ? Quand tu voudras rencontrer des compatriotes, enchaîne l'un d'eux, tu n'auras qu'à te rendre au fond du dortoir 5, juste avant les toilettes. Il y a là-bas des Syriens. Maintenant, présente-toi à Mansour, le chef de dortoir.

J'enregistre qu'une chambrée a un chef.

Ayant franchi le seuil du dortoir, j'aperçois deux prisonniers assis au milieu de la pièce, occupés à couper des légumes. Je m'avance et leur demande :

— Bonjour, je cherche monsieur Mansour.

L'un d'eux éclate de rire :

— *Monsieur* Mansour ? Mansour est un monsieur, maintenant ! Tu veux sans doute parler de Mansour Abou Ouyoun, notre chef de chambrée. Pour le moment, il dort. Assieds-toi là, tu dois être fatigué. C'est quoi, ton problème ?

— On m'a arrêté à l'hôpital avec mon amie.

— Aha... Ton cas est simple. Il relève des mœurs, ne sois pas trop inquiet. Et où se trouve aujourd'hui l'objet du délit ?

— Pardon, que veux-tu dire ?

— La fille qui a été arrêtée avec toi. C'est du jargon de taulards. Tu n'as jamais fait de prison, toi !

— En fait, j'ignore complètement où elle est et comment entrer en contact avec elle. C'est un problème.

— Elle est sûrement dans la prison des femmes. Mansour te trouvera le numéro de l'une des codétenues. Il est l'un des plus anciens. Ça lui fait dix ans ici.

J'examine la disposition du dortoir où je vais devoir loger désormais. Six ensembles de lits métalliques superposés qui ressemblent beaucoup à ceux des baraquements militaires. Deux prisonniers dorment à l'étage supérieur, nommé « terrasse », tandis qu'un seul prisonnier dort à l'étage du bas, appelé « coin ». Au-dessous, une place peut éventuellement accueillir une personne, mais elle sert bien plus souvent de rangement.

Tout au fond de la pièce, un long câble métallique relie la lampe du plafond à une poubelle en plastique. Je m'en approche et la trouve à moitié pleine d'une eau qui bout en dégageant une vapeur dense. Me voyant stupéfait, quelqu'un m'apprend qu'il s'agit d'une bouilloire de fortune. Elle sert à réchauffer la nourriture et le lait. On met la quantité voulue dans un sac en plastique dont on noue l'ouverture hermétiquement, avant de le plonger dans l'eau chaude le temps nécessaire. On peut aussi ajouter du sel afin d'accélérer l'ébullition. « Nécessité est mère de l'invention » : jamais ce proverbe n'a été aussi vrai.

Mansour, qui vient de se réveiller, m'appelle depuis son lit.

— Bienvenue à toi. Quel est ton nom ?

— Monsieur Mansour, je m'appelle Rachwan. J'espère que je ne vous dérange pas.

— Pas du tout, mon cher Rachwan. Tu es le bienvenu parmi nous. Je suis sûr que tu te sentiras à l'aise ici, d'autant qu'il y a déjà deux Syriens. Je te les présenterai. J'ai été ravi d'apprendre que tu étais syrien. J'apprécie particulièrement tes compatriotes.

— Merci, monsieur Mansour. Quant à moi, je serai un hôte discret.

— Appelle-moi simplement Mansour, s'il te plaît.

Après un moment de silence, il prend un ton solennel :

— Il y a des choses que tu dois savoir au sujet de la prison et des règles propres à notre dortoir. La première est que la prison est une jungle où le plus fort domine. Mais sache que la force physique est un leurre : l'homme le plus invincible trouvera toujours plus fort que lui. En fait, cette prison a deux facettes. L'une, règlementaire, relève du pouvoir de la loi : c'est la direction de la prison. Comme toute institution répressive, sa mission est de réformer et de réhabiliter. La seconde face est criminelle. La prison est un monde parallèle régi par des bandes qui tirent leur puissance du trafic de drogue, en liaison avec des réseaux extérieurs tout-puissants. Ces bandes imposent leur loi dans le domaine qui les concerne. Elles ne se soucient pas des bagarres qui éclatent régulièrement pour des raisons oiseuses de préséance ou de bravade. Quand tu seras le témoin d'une altercation violente, éloigne-toi sans regarder en arrière. En fait, tous obéissent à un code non écrit. L'administration et les gangs cohabitent et parfois coopèrent, il peut être dangereux de porter plainte contre les uns ou les autres. Tu vas vivre parmi des criminels ; tu dois rester vigilant dans toutes tes relations au sein du bloc et à l'extérieur de ce dortoir. Ne fais confiance à personne, ne te fie à personne.

— Des bandes ? Vous me faites peur, Mansour.

— Ici, tu es parmi tes frères. Cependant je dois t'expliquer un certain nombre de choses, afin de nous éviter à tous des problèmes. Voici le règlement de notre dortoir. Nous sommes vingt-deux pensionnaires unis par la fraternité, le fait de partager la nourriture à une même table et de dormir dans un même lieu. Quatre Sri-Lankais ont la charge de préparer les repas et de nettoyer la pièce tous les jours. Nous les appelons les « garçons ». Grâce à Dieu et grâce à moi, ils se sont convertis à l'islam ici, en prison, à l'exception de Mehanna qui est resté chrétien. Les autres occupants du dortoir se répartissent les autres tâches, comme préparer la salade l'après-midi et réchauffer la nourriture. On t'apprendra tout cela plus tard. Autre règle : il est interdit à quiconque d'aller dormir dans un autre dortoir. Voilà, c'est tout pour le moment.

Il se ravise :

— Si, encore une chose. Tu suppléeras Râm et tu coordonneras avec lui les heures de sommeil de manière qu'elles n'empiètent pas sur les tiennes. Mais vous pouvez aussi bien dormir ensemble au même moment sur votre terrasse.

— Suppléer ?

— Ça veut dire que deux prisonniers partagent le même lit en même temps. Il te faudra acquérir le vocabulaire de la prison !

L'idée de dormir au côté d'un homme me perturbe, d'autant plus que je ne le connais pas. Mais c'est peut-être mieux que de dormir dans les toilettes ou dans le couloir. De toute façon, je n'y peux rien et dois l'accepter. Mansour interrompt mes réflexions :

— Encore un point important. Et là, je vais être très franc avec toi, c'est pour ton bien ! Tu es beau gosse et tu présentes bien. En prison, c'est un problème. Avec ton look, tout le monde te prendra pour la chanteuse libano-égyptienne Haïfa Wehbé ! Dans ce dortoir, tous voudront faire ami avec toi et t'offrir des tas de cadeaux, jusqu'à ce que tu tombes dans les filets de l'un d'eux. Je connais parfaitement ce milieu. Ce sont des homosexuels. Et les gens honorables sont rares ici. Figure-toi qu'il y a même des prisonniers moins que séduisants qui subissent leurs assauts. Que dire alors de toi, qui a si belle allure !

— Ce que tu me dis là, Mansour, n'est pas très rassurant. Surtout que je ne suis absolument pas porté sur l'homosexualité.

Les questions se bousculent dans ma tête. Je vais devoir dormir les yeux ouverts, guettant le danger que le sort me réserve.

Avant la tombée de la nuit, j'ai fait connaissance avec quelques pensionnaires de notre dortoir. Il y a le Saoudien Mansour, accusé de fabrication de fausse monnaie et condamné à quinze ans de prison, dont il a accompli déjà plus de dix à l'âge de quarante-trois ans. Fadi le Syrien, quarante et un ans, poursuivi pour des impayés, en prison depuis cinq ans. Il possédait une société qui organisait les foires. Naji, de nationalité yéménite, arrêté pour attaques et vols de maisons de jeu, faisait partie d'une bande de six personnes. Il avait vingt-trois ans. Habib, originaire du Bangladesh, jouait le rôle d'éclaireur dans la bande de Naji, car la plupart des tripots sont tenus par des Bangladeshis. Ce qui facilitait la quête par Habib d'informations pour sa bande. Il a le même âge que moi, étant de 1984.

J'ai fait aussi la connaissance de Majed, un Yéménite condamné à cinq ans pour usurpation de l'identité d'un Saoudien, ainsi que de Ayman, le second Syrien du dortoir, condamné à huit ans pour participation en bande organisée à l'assassinat d'un homme d'affaires et au vol d'une grosse somme d'argent. Il possédait et dirigeait une agence de publicité. Et pour finir, Râm, avec qui je partage ma couche, un Indien arrêté pour fausse carte de travail et de séjour. L'homme est très laid et très gros, et je suis condamné à l'avoir contre moi au coucher comme au lever…

Il n’est pas sûr que j’entretienne un jour des liens d’amitié avec mes compatriotes syriens, au point de faire bloc avec eux. Leur penchant pour le vol et l’assassinat n’est pas de mon goût. Mais ma réticence a d’autres motifs : les émigrés syriens ne se font pas confiance, tant les allégeances politiques et religieuses ont dressé les citoyens de ce pays les uns contre les autres.

4

J'ai entamé mon adaptation progressive et forcée à la vie carcérale, mais je ne cesse de penser à Siham. La nuit, elle envahit mes rêves.

Un jour, je me décide à demander à mon nouvel ami Fadi de m'aider à dénicher le numéro de téléphone de n'importe laquelle des détenues de la prison des femmes, seule façon pour moi d'entrer en contact avec Siham.

Fadi, un compatriote, reste discret sur ses antécédents, comme la plupart des Syriens en exil. Nous ne parlons jamais de ce qui se passe au pays. Tous deux avons le souci de nous en sortir et d'apporter un soutien financier à nos proches.

— Par chance, Rachwan, j'ai le numéro de téléphone d'une Maghrébine avec qui je n'ai pas eu de contacts depuis quelque temps. En réalité, j'ai cessé de l'appeler parce que je me suis rendu compte qu'elle était opportuniste. Elle exigeait qu'on lui fournisse des cartes de téléchargement pour des séances sur SexPhone. Avec elle, tout a un tarif. La durée de la conversation est définie par le prix de la carte de téléchargement, et plus celui-ci est élevé, plus on allonge le temps de la conversation et… du plaisir. Figure-toi qu'elle m'a envoyé par WhatsApp des photos d'elle toute nue, en exigeant en contrepartie une carte de 200 rials. Cette fille est stupide !

— Fadi, je n'ai rien à voir avec tes problèmes et je me moque de ce que tu penses d'elle. Contente-toi de la contacter, s'il te plaît, et informe-toi sur Siham.

— Ne sois pas pressé, mon cher, je vais la contacter… Quel nom lui ai-je donné ? J'essaie de m'en souvenir… Soussou ? Non ! Rachida, peut-être ? Je ne crois pas. Ah, voilà, j'ai trouvé : « Pute maghrébine. »

C'est le nom qu'il a entré dans le répertoire de son téléphone mobile. Il compose aussitôt le numéro. Je retiens mon souffle.

— Pas de chance, il est hors service. Elle a dû changer de numéro, à moins qu'elle soit sortie de prison. Je suis désolé, mon cher !

Décidément, encore une fois, le destin m'est contraire !

— Ne t'en fais pas, Rachwan. Nous allons sûrement trouver le moyen d'entrer en contact avec ta Siham. Je te promets de faire tout mon possible.

Nous avons réitéré nos tentatives. Sans résultat ! Même avec l'aide de Mansour. Pour ma part, je reste convaincu que, de son côté, Siham fait tout pour me trouver. Je ne perds donc pas espoir.

Le soir du 13 janvier 2014, très tard, Fadi déboule soudain en hurlant :

— Rachwan, Rachwan, réveille-toi ! Ton rendez-vous approche !

J'étais plongé dans le sommeil, après avoir vaincu mes angoisses quotidiennes et surmonté l'odeur fétide de Râm. J'ouvre les yeux. Fadi est planté devant moi :

— Félicitations ! Demain, tu vas retrouver Siham, l'amour de ton cœur.

— Demain ? Et je pourrai l'embrasser ? Par Dieu, Fadi, va-t'en, je ne suis pas d'humeur à plaisanter.

— Mais non, je ne plaisante pas du tout ! J'ai appris par le chef du bloc que ton nom et celui de Siham figurent sur la liste des détenus convoqués demain au tribunal correctionnel, en vue d'une audition. Ça signifie que vous allez vous retrouver à coup sûr chez le juge chargé d'examiner votre cas.

— Je n'en crois pas mes oreilles ! Sais-tu comment ça se passe d'habitude ? As-tu des conseils à me donner ?

— D'après mon expérience et ce que j'en sais par ailleurs, vous ne vous retrouverez ensemble que dans le bureau du juge. La possibilité de parler à Siham sera très réduite. Tout dépend de l'humeur du soldat qui vous accompagne. Certains sont coulants avec les prisonniers et autorisent des échanges brefs. C'est pour ça que tu dois, dès l'ouverture de la séance, obtenir de t'asseoir près de Siham, ou tout au moins à proximité d'elle. Tu profiteras alors d'un moment pour lui transmettre le numéro de mon portable, sur ce bout de papier, et lui demander de le composer plus tard, quand vous serez tous deux de retour en prison. Mémorise-le, afin de pouvoir le lui transmettre demain.

— Je n'oublierai jamais ton aide précieuse, cher Fadi !

Six heures du matin. Le départ est imminent. Je finis de mâcher un morceau de pain sec que je ramollis dans ma bouche en sirotant du thé brûlant. Le responsable du bloc hurle :

— Au tribunal !... Les prévenus convoqués... au tribunal !

Avec d'autres détenus, je me dirige vers la porte du bloc, puis vers l'endroit du Solarium où se rassemblent les prisonniers des blocs 10, 11 et 12.

J'attends dans un coin, loin des autres qui se saluent comme de vieilles connaissances, bien que résidant dans des blocs différents et strictement cloisonnés. Je me sens plutôt mal et rassemble mes forces engourdies par ma longue veillée, alors que le soleil monte. Je ressens pourtant une énergie positive, comme je n'en avais plus connu depuis mon incarcération. La seule perspective de rencontrer Siham me requinque.

J'attends parmi une quarantaine de prisonniers l'appel de mon nom. J'avance vers le gardien qui pose les menottes aux mains et les fers aux pieds de chacun de nous, tout au fond du passage qui mène à la section des informations. C'est de là que sont aiguillés les prisonniers, chacun selon sa destination. Une partie se rendra avec moi au tribunal correctionnel, les autres se répartiront entre l'hôpital, pour les malades, et la direction de l'immigration pour les étrangers qui ont accompli leur peine et seront expulsés du territoire.

Le préposé du bureau de l'information hurle mon nom, puis il me confie à un militaire chargé de m'accompagner au tribunal. C'est la règle : le prisonnier qui quitte l'enceinte de la prison doit être accompagné par un soldat – ou par plusieurs, selon la gravité de son cas. Si le prisonnier est poursuivi pour meurtre, par exemple, deux soldats lui seront affectés, l'un d'eux étant armé.

Mon accompagnateur vérifie les menottes avant de m'autoriser à grimper dans le véhicule qui nous emmène au tribunal. Nous sommes plus de vingt, poussés brutalement à l'intérieur du minicar prévu pour quatorze passagers. Beaucoup ne trouvent pas de place et restent debout. Le chauffeur démarre et se lance à une vitesse folle, faisant tanguer le minicar sans se soucier de nous, projetés les uns contre les autres et incapables d'agripper les barres métalliques à cause de nos menottes.

Pris de panique, je maudis en mon for intérieur ce misérable chauffeur. Un prisonnier très âgé s'approche de moi. Il sourit et me tapote gentiment l'épaule :

— Détends-toi, jeune homme, nous serons bientôt arrivés.

De fait, le conducteur stoppe brusquement, provoquant chez nous tous un violent malaise.

Nous nous regroupons en désordre devant l'agent du tribunal chargé de répartir les prisonniers entre les différents bureaux des juges. Il épèle les noms inscrits sur une liste :

— Rachwan Naasane ! Le prisonnier Rachwan Naasane et sa partenaire dans l'affaire, Siham Adini, rendez-vous au bureau 6, deuxième étage !

Je me retourne, cherchant Siham des yeux. En vain. Je cours, pressé par le soldat qui me pousse. L'ascenseur est bondé et de nombreux prisonniers attendent, silencieux, devant la porte. Il nous faut donc prendre les escaliers. Je monte péniblement et, brusquement, j'aperçois Siham trois marches plus haut, avançant lentement elle aussi. Je me rapproche au point de lui coller au dos, mais le soldat qui l'accompagne s'en aperçoit et me hurle :

— Eh toi, idiot ! Halte là, où vas-tu comme ça ?

Siham se fige et jette un regard en arrière. Sans rien manifester, elle reprend son chemin en direction du bureau du juge.

Un attroupement s'est formé à l'entrée. Sur la pointe des pieds, les mains menottées au-dessus de la tête, je me fraie un chemin dans la cohue. Au milieu de la salle sont disposées quatre rangées de sièges métalliques. En face, un bureau imposant derrière lequel trône le juge, un quadragénaire de belle prestance, portant une barbe courte taillée avec soin. Sa présence inspire la confiance et le calme.

Je vois Siham prendre place au premier rang avec, à sa gauche, son accompagnateur. Je m'assois prudemment à côté d'elle en épiant les éventuelles réactions de nos anges gardiens, mais aucun d'eux ne réagit.

Le juge se saisit du dossier posé devant lui, l'ouvre et le feuillette avec attention, s'arrêtant par moments pour examiner plus longuement un document. Le silence règne dans la salle. le soldat assis à la gauche de Siham jette des regards alentour, guettant les réactions que pourrait susciter Siham, dont l'*abaya* moulante met les formes en valeur. Sans se soucier de quiconque, elle se tourne alors vers moi et se mord la lèvre inférieure pour me signifier dans notre langue secrète : « J'ai envie de toi, une envie irrésistible. » Je jette un regard de chaque côté. Le juge est toujours plongé dans l'examen du dossier, tandis que le soldat à ma droite profite d'un courant d'air pour se mettre à l'aise et qu'à l'extrême gauche, l'autre soldat, les yeux exorbités, reste captivé par les seins de Siham qui pointent sous le tissu.

Au bout de quelques minutes, le juge brise le silence et ouvre la séance en lisant cette déclaration :

— Au nom de Dieu le Clément, le Miséricordieux ! Muhammad est l'Envoyé de Dieu. Que la prière et la paix soient sur lui ! Devant moi, juge du tribunal correctionnel de Djeddah, se sont présentés le premier prévenu, le dénommé Rachwan Naasane, de nationalité syrienne, et le second prévenu, la dénommée Siham Adini, de nationalité yéménite. J'ai ouvert la séance à onze heures du matin précises, en demandant aux prévenus numéro un et numéro deux s'il était vrai qu'ils entretenaient une relation illégitime qui a donné lieu à une grossesse interrompue volontairement. Le premier prévenu a répondu : « Ce qui figure dans l'acte d'accusation est faux. Le fait est que nous étions convenu de nous marier et nous étions sur le point d'organiser la cérémonie du mariage quand nous avons été arrêtés et mis en accusation injustement. » Quant à la seconde prévenue, questionnée au sujet de sa présence à l'hôpital au moment de son arrestation, elle a répondu avoir ressenti ce jour-là des douleurs au bas du dos et avoir demandé à Rachwan de l'accompagner à l'hôpital. Telle a été sa réponse. Le premier prévenu, interrogé sur les raisons de sa présence à l'hôpital, a répondu : « Ma réponse est identique à celle de la prévenue. » Sur la foi de quoi, j'ai décidé de reporter le jugement à la séance suivante, en attendant que le procureur général fournisse les preuves constituées par le rapport de l'hôpital certifiant qu'il y a eu avortement. J'ai donc levé la séance à onze heures quarante exactement. Avec l'aide de Dieu. Signé : le juge du bureau 6.

Siham me sourit et me fait un signe affectueux, comme à son habitude. Elle semble dire que tout est sous contrôle. Je me penche légèrement et m'approche de son épaule en murmurant :

— Retiens ce numéro de portable, Siham, et appelle-moi à ton retour en prison.

Je suis surpris par sa vivacité : elle répète le numéro, qu'elle a immédiatement mémorisé.

Sur le trajet du retour, deux questions me turlupinent. La première : le calme affiché par Siham signifie-t-il qu'elle a trouvé une solution ? La seconde : Siham m'indiquait-elle qu'elle a appâté le soldat, et pourquoi ?

J'arrive au bloc épuisé. Je suis pressé de retourner dans mon antre ! J'en suis venu à détester la couleur du soleil et la forme de la lune car, désormais, j'observe tout depuis mon lit partagé, autre morceau de misère et de tristesse.

Mansour m'attend à l'entrée du dortoir. Sans me laisser reprendre mes esprits, il m'interroge avec appréhension :

— Rassure-moi, Rachwan ! Que s'est-il passé au tribunal ?

Je me ressaisis et prends une goulée d'air :

— J'ai vu Siham dans le bureau du juge et j'ai réussi à lui communiquer le numéro de téléphone.

Il sourit et pose sa main sur mon épaule :

— Excellent ! Nous n'aurons plus à rechercher la chérie de ton cœur. Tu dois être content, je le vois dans tes yeux !

Je me rends tout de suite chez Fadi, qui est plongé dans le sommeil.

— Fadi, Fadi ! S'il te plaît, réveille-toi. J'arrive du tribunal et j'ai réussi ma mission.

Fadi ouvre un œil et répond paresseusement :

— Si elle t'appelle, mon téléphone est toujours dans sa cache. Je ne pourrai pas l'en sortir avant deux heures de l'après-midi. Mais ne t'en fais pas. Même s'il est éteint, je verrai toujours la notification des appels manqués. Si elle appelle, bien sûr !

— Si elle appelle… Crois-moi qu'elle appellera, dis-je, sûr de moi.

Il ne répond pas et se contente de me tourner le dos pour se rendormir.

Je m'assois par terre et appuie ma tête contre le rebord du lit. Et si vraiment elle n'appelait pas ? Fadi sait-il quelque chose que j'ignore ? Les sourires de Siham ont-ils quelque chose à voir avec ses insinuations ?

Fadi laisse échapper un pet sonore suivi d'une odeur fétide, mettant fin à l'interminable succession de pensées qui m'envahit l'esprit.

Dans le lit voisin, Ayman écarte lentement sa tenture noire pour vérifier l'origine du son et de l'odeur. Il me voit et rabat aussitôt le tissu en murmurant :

— Tu es dégueulasse, Rachwan !

Je ne réponds pas. Oui, il a raison, je suis dégueulasse… non parce que j'émets de mauvaises odeurs, mais parce que je me trouve dans un endroit pareil.

5

Il est une heure et Mehanna va réceptionner le déjeuner. Je me glisse derrière lui jusqu'au couloir du bloc pour observer la manière dont est répartie la nourriture. Quatre grandes marmites sont placées près de la porte du bloc, à l'extrémité du couloir. Devant chaque marmite, un prisonnier s'apprête à verser une part égale revenant à chacun des dortoirs. L'un d'eux hurle :

— Que seuls les délégués avancent ! Quand nous en aurons fini avec eux, nous ferons la distribution à ceux qui dorment dans le passage et dans l'oratoire.

La nourriture aussi subit un traitement hiérarchique : aux uns, une distribution ordonnée et équitable, aux autres, la foire d'empoigne.

Mehanna se place dans la file des onze délégués correspondant aux onze dortoirs. La plupart sont des Asiatiques et des Africains. Chacun tient dans la main une grande assiette métallique. Mehanna approche de la première marmite et tend l'assiette pour recevoir du riz, puis il se rend à la deuxième marmite pour avoir du poulet, puis à la troisième et à la quatrième pour les légumes et la sauce. Je suis captivé par la scène, au point d'oublier qu'il ne fait pas bon rester longtemps immobile à l'extérieur du dortoir. À côté de moi, quelqu'un m'observe, sourire en coin, exprimant à l'évidence des intentions peu respectables. Il a l'air de me dire : « J'aimerais faire ta connaissance, mon joli ! » Je lui lance un regard furieux. Va au diable !

Je retourne rapidement à mon dortoir. Ils sont tous assis autour de la nourriture, placée à même le sol, attendant mon arrivée. Mansour explose :

— J'ai envoyé Majed te chercher dans tout le bloc. Je t'avais pourtant averti ! Tu es libre de faire ce que tu veux, mais tu dois respecter les horaires des repas à l'intérieur du dortoir, même si tu dors.

Je m'assois, coincé entre Fadi et Majed, et hoche la tête à Mansour en signe d'acquiescement. Je saisis la cuisse de poulet à peine cuite que Fadi me propose. Elle dégorge de sang. De quoi vomir !

Un peu plus tard, Fadi me fait signe :

— Ton amie a appelé. J'ai cherché dans l'annuaire inversé et j'ai bien l'impression que le numéro de téléphone appartient à l'une des prisonnières. Je vais la joindre et je te laisserai le lit pour que vous puissiez converser tranquillement.

— Allô, Siham ? Pas possible ! Finalement, j'ai réussi à t'avoir !

— Rachwan, Rachwan…

— Ne pleure pas ma chérie, arrête, ça me tue de t'entendre sangloter. Siham, Siham, réponds-moi !

— Je comprends maintenant ce que veut dire le mot « douleur » et ce que le poète saoudien Muhammad al-Ali voulait dire à la fin de son recueil, *Il n'y a pas d'eau dans l'eau*, lorsqu'il s'interrogeait : la douleur, c'est ce que nous voyons sur terre ; y a-t-il de la douleur au ciel ? Oui, Rachwan, la douleur est ce que nous voyons sur terre, plus particulièrement ce que nous avons enduré au cours du mois précédent. Tout ce que j'ai enduré dans ma vie ne pèse pas lourd en comparaison de ce que j'endure aujourd'hui.

— Mon Dieu, te rappelles-tu que tu m'as forcé à écouter ce poème ? À l'époque, je ne jurais que par un autre poète, le Palestinien Mahmoud Darwich. Pour te faire plaisir, j'ai fait semblant d'apprécier celui que tu me faisais écouter, chaque fois que tu passais l'enregistrement. Aujourd'hui, je te rejoins sur la question de la douleur…

— Moi qui croyais naïvement que tu étais d'accord avec moi… Mais peu importe ! Raconte-moi, comment ça se passe pour toi, Rachwan. Tu arrives à t'adapter ? Ou bien es-tu comme moi dans un état de sidération et d'apathie ?

— Je ne sais que te dire. Depuis la nuit de notre arrestation, je suis accablé, exténué même. Je ne parviens pas à dormir. Quand je ferme les yeux, ton image me poursuit. Je les revois te rudoyer en t'emmenant au bureau d'enquête, alors que tu étais encore sous l'effet de l'anesthésie. J'ai rêvé que la terre s'ouvrait sous mes pieds pour m'engloutir… Je n'exagère pas en te disant que j'ai compris combien je t'aimais au moment où ils m'ont jeté dans une cellule individuelle. Je suis encore inconscient. Je dors et me réveille dans l'espoir de me retrouver dans tes bras, dans ton lit, comme si tout cela n'était qu'une mauvaise plaisanterie du Grand Dispensateur de rêves. Figure-toi que je partage mon lit avec un autre prisonnier, je suis forcé de supporter sa puanteur et ses ronflements… Mais cela n'est rien comparé aux regards pleins de sous-entendus de quelques prisonniers, à la saleté et au règne du plus fort.

— Rachwan, mon cœur ! Je t'aime à la folie. Je refuse que tu t'inquiètes. Je te promets de tout faire pour mettre fin au plus vite à ce mauvais sort.

— C'est pour ça que tu me souriais au tribunal ? Tu répondais si fermement au juge, j'avoue que j'avais de l'appréhension en voyant ton regard plein d'assurance.

— En fait, je craignais que tu avoues et que tu gâches ainsi mon plan. Mais tout s'est bien passé. J'ai réussi à entrer en contact avec le directeur adjoint de l'hôpital où nous avons été appréhendés et j'ai obtenu qu'il subtilise le rapport officiel établi sur l'avortement et qu'il le remplace par un autre qui confirme ce que j'ai dit au juge, à savoir que je souffrais de douleurs vives au bas-ventre. Ce qui mettra un terme à toute l'affaire.

— Le diable lui-même devrait prendre conseil auprès de toi, Siham ! Tu m'impressionnes, j'ai le sentiment de parler à une étrangère. Comment as-tu concocté tout ça ? Je n'en reviens pas !

— Ne sous-estime jamais les aptitudes d'une femme. Que ses intentions soient maléfiques ou bénéfiques, elle va toujours dans le sens qu'elle désire… C'est la malédiction de la première femme, Ève, dont les pulsions ont entraîné la sortie d'Adam, puis de toute l'humanité, hors du jardin d'Éden. Aujourd'hui, Siham va te sortir de cette prison !

— Je n'arrive pas à croire qu'un mois a suffi pour te changer du tout au tout.

— Je suis acquise depuis longtemps au dicton qui veut que tout ce qui ne tue pas rend plus fort. Crois-moi ! Je me sens aujourd'hui plus forte que jamais. Comme j'aurais aimé être dans le même état d'esprit dans ma vie passée, surtout quand mon ex me faisait du chantage. Et toi, Rachwan, sois fort ! Tiens bon, ce ne sont que quelques semaines à vivre avant que tout s'arrange. Ne soyons pas triste. Dis-moi, est-ce que quelqu'un t'a agressé ?

— Pourquoi me demandes-tu ça si gaiement ?

— Rachwan, je vois que la tristesse t'envahit. Ton sang devient lourd. Je te le demande sérieusement. D'après ce que m'a dit une fille, en prison toute personne séduisante fait l'objet d'avances, surtout dans ta situation et avec ton look. Dis-moi tout.

— Fort heureusement, rien du tout ! Mais j'ai l'impression que les jours prochains s'annoncent difficiles. Un prisonnier dénommé Mansour m'a mis en garde contre tout contact avec les gens étrangers au dortoir. Je t'avoue que j'ai peur, d'autant que j'ai eu dans le passé une expérience pénible qui continue de me hanter.

— Une expérience pénible ? Mais tu ne m'en as rien dit !

— Ah… C'est une vieille histoire qui remonte à 1994. J'avais dix ans. Je vivais avec ma mère et ma sœur, de sept ans mon aînée, dans le quartier Mokambo, à Alep. Un homme étrange que personne ne connaissait est venu loger non loin de chez nous. Tous les jours, je jouais au ballon dans la rue avec les garçons du quartier. L'homme devait me surveiller de loin sans que je m'en rende compte, jusqu'au jour où il m'a emboîté le pas sur le chemin de la maison. Tout d'un coup, il m'a soulevé et emporté chez lui, sa main plaquée sur ma bouche. Là, il m'a brutalisé et violé à plusieurs reprises, jusqu'à ce que je tombe dans les pommes. Ça ne lui a pas suffi. Il a guetté le passage de ma sœur, à qui il a fait subir les mêmes sévices.

— Chouchou, mon chéri ! Ne pleure pas. Je suis désolée, je ne voulais pas raviver tes douleurs. Pour te faire oublier tout ça, laisse-moi te parler des bizarreries de la prison des femmes. Sais-tu par exemple que les bananes ne nous sont pas livrées avec le reste de la nourriture sans avoir été préalablement découpées en tranches ? Devines-tu pourquoi ?

— Incroyable… C'est à ce point, Siham ?

— Oui, mon cher. Mais il y a mieux. Sais-tu que la fouille individuelle est différente de la vôtre ? Les prisonnières pénètrent à tour de rôle dans une petite pièce réservée, où elles doivent se dépouiller de tous leurs vêtements.

— Y compris les sous-vêtements ?

— Oui, tout à fait. On les met à poil, puis la gardienne vous enfonce toute sa main gantée dans le vagin pour s'assurer qu'aucun objet interdit n'y a été glissé. Sais-tu que des femmes y cachent des téléphones portables, quel qu'en soit le volume ? Ensuite, la gardienne force l'anus avec ses doigts et en fourrage l'intérieur dans le même but. Cette opération se répète chaque fois que nous retournons dans les bâtiments. Aujourd'hui, en revenant du tribunal, j'ai failli exploser, mais je me suis ravisée en voyant la gardienne me faire un gentil sourire. « Tu as un corps magnifique », m'a-t-elle chuchoté en poursuivant sa lente exploration. « Ça te plaît ? », a-t-elle conclu en se retirant, me laissant dans un état second.

— Avec ton physique sexy, tu dois susciter des convoitises…

— En effet, j'ai subi des harcèlements. Par miracle, ça n'a pas été loin. En réalité, les violences les plus effroyables sont celles qui sont exercées dans la section des politiques. C'est là que sont enfermées les militantes qui défendent les droits des femmes et manifestent contre le port du voile ou la tutelle masculine. Il paraît qu'elles ont droit à un traitement particulièrement dur : coups, viols, décharges électriques et autres moyens de torture. Le nouveau pénitencier de Dahaban, en cours de construction au sud de Djeddah, est destiné à les accueillir. Ce sera une prison de haute sécurité dotée des technologies de surveillance les plus modernes. Nous ignorons s'il est prévu d'y transférer la totalité des trois mille détenues de Briman ou d'en envoyer une partie à Dar El Reaya, l'un des centres de détention réservés aux femmes. Ce ne sont en fait que des prisons où l'on jette, sans autre forme de procès, aussi bien des militantes que des victimes de viols ou des femmes qui n'ont pas respecté le code vestimentaire. Finalement, où que nous allions, nous, les femmes, sommes à la merci des hommes. Dans la société comme en prison !

— Ma chérie, je dois rendre maintenant le téléphone. Désolé de mettre fin à la conversation. Prends soin de toi !

— OK ! Mais j'ai oublié de te dire que l'audience du jugement aura bien lieu dans les jours qui viennent. N'oublie pas de t'en tenir aux mêmes réponses, ni plus ni moins. À tout moment, tu peux appeler à ce numéro et me demander auprès de Shamoukh, la propriétaire du téléphone. Au revoir, mon chéri…

6

Comme il est pénible de borner tous ses rêves, tous ses espoirs à une hypothétique sortie de prison. Les visions roses se délitent sur le mur des malheurs et des peines. Comme elles sont dures, ces journées qui s'écoulent dans l'obscurité.

Je me remémore de façon inopinée ce passage d'un poème du Soudanais Muhammad Madani :

Les amoureux ont le droit de former un chapelet,
Afin que le son de chacune de ses pierres devienne familier.
Est-il si terrible d'arracher le cœur à ses palpitations ?

Siham le répétait souvent devant moi. Un prisonnier du bloc, le Soudanais Muhammad, m'entend déclamer les vers à voix basse et s'approche, l'air étonné :

— Il me semble que tu récitais un poème de Muhammad Madani…

Il marque une pause et poursuit :

— Madani, dont le vrai nom est Muhammad Mahmoud al-Sheikh, n'est hélas pas connu, même au

Soudan, bien qu'il soit un grand poète. Je suis stupéfait d'entendre un Syrien réciter quelques-uns de ses vers.

— C'est Siham qui me l'a fait connaître.

Il s'assoit près de moi :

— Et qui est donc Siham ? J'aimerais en savoir plus, bien que je ne te connaisse pas. D'ailleurs, je crois bien que c'est la première fois que nous nous parlons…

La curiosité et l'étonnement que je lis dans son regard me poussent à lui raconter notre première rencontre. Je lui dis combien Siham est audacieuse et pleine d'entrain, et comment je me suis d'emblée attaché à elle.

Au milieu de l'hiver 2012, Khaled, mon futur patron, m'avait envoyé une invitation à venir travailler en Arabie saoudite comme chauffeur particulier. Ma tâche consistait à le conduire partout, au bureau ou à ses rendez-vous d'affaires. Je l'attendais ou revenais le chercher. Il m'envoyait aussi, dans la journée et parfois le soir, faire des commissions pour lui et sa famille. Toujours affable, il conversait volontiers avec moi et s'assurait régulièrement que je ne manquais de rien. Il m'interrogeait aussi sur mon passé et sur ma vie à Alep, sur les loisirs, les mœurs, les filles, les garçons.

Cependant, la conversation portait bien plus souvent sur Djeddah. Khaled est amoureux de sa ville natale. Pendant nos déplacements, il se transformait en guide et prenait plaisir à commenter un monument ou à raconter le passé d'un quartier. Je le sentais fier de sa ville, la deuxième d'Arabie saoudite avec ses trois millions d'habitants. Il aimait se démarquer des gens de Riyad et de sa province, le Najd, d'où est issue la famille royale et où a prospéré le wahhabisme, cette doctrine si rigoriste et si intolérante. Pour lui, Djeddah a une âme singulière. Entre désert et mer, elle brasse depuis toujours les populations les plus diverses, car elle est la porte maritime de La Mecque, ainsi qu'une halte incontournable entre la Méditerranée, l'océan Indien et l'Afrique de l'Est. Des marchands vénitiens l'ont fréquentée, aussi bien que des Indiens et des Malais.

— Songe à ça, Rachwan, me disait-il : pendant plus de mille ans, des pèlerins venus du monde entier ont accosté sur ce rivage et beaucoup ont décidé, après leur visite de La Mecque et de Médine, de s'y installer et d'y faire souche. Quel formidable mélange ! Et quel esprit de tolérance cela implique ! Ce *melting pot* de peuples et de traditions, on en voit les marques nombreuses que les vagues successives d'immigration ont laissées. Au lieu de s'en réjouir, beaucoup de dirigeants veulent faire table rase du passé et imposer une modernité factice, venue d'ailleurs et sans rapport avec notre histoire.

Khaled n'était pas un conservateur nostalgique. Il appréciait à leur juste valeur les avancées technologiques et scientifiques dans tous les domaines de la vie. Ce sont les réalisations ostentatoires qu'il fustigeait, le progrès exhibé au dehors par des gens à la mentalité archaïque.

— On te parlera avec admiration des nouvelles réalisations, mais ne te laisse pas impressionner. Mes compatriotes utilisent le superlatif à satiété. Le plus grand métro au monde, le plus grand aéroport… Leur unique prisme est le gigantisme, peu importe que les ingénieurs et les millions de travailleurs qui bâtissent l'Arabie du futur soient ou non étrangers. Et avec le gigantisme est venu l'hymne à la hauteur.

À Djeddah, nous sommes fiers du jet d'eau du roi Fahd, qui propulse l'eau à 312 mètres. Nous nous préparons à inaugurer la plus haute tour du monde, qui atteindra mille mètres. Ce n'est là que manifestation d'égos surdimensionnés. Va plutôt visiter le vieux Djeddah. C'est un véritable musée à ciel ouvert. Tu admireras les vieilles demeures et les édifices vénérables aux façades richement décorées. Ils ont été entretenus avec ferveur par quelques rares amoureux de l'architecture traditionnelle. Va admirer la maison Nassif, devenue un musée, et la maison Shabatly, construite en corail, où Lawrence d'Arabie logea à la fin de la Grande Guerre.

Mon patron menait une vie nocturne intense. Pas une semaine sans une fête, à laquelle il se rendait seul ou avec sa femme. Sévèrement réprimée dans les lieux publics, la mixité était courante sans être exclusive, car les réunions entre hommes ou entre femmes ont un immense succès.

Un jour, Khaled m'a proposé de l'accompagner à une soirée organisée dans l'une des luxueuses villas de l'aristocratie, à Durrat al-Arous, un complexe balnéaire sur la mer Rouge. L'idée m'a paru saugrenue, mais j'ai accepté sans hésiter, trouvant plus amusant d'être de la fête, au lieu de me morfondre dans la voiture à l'attendre en écoutant la radio. Il m'a appris que la soirée était mixte et que toutes sortes de boissons y seraient proposées. Avant de prendre la route, il m'a annoncé :

— Rachwan ! Je vais te montrer la face cachée de cette société conservatrice.

Il voulait exciter un peu plus ma curiosité. Ce soir-là, j'ai enfilé un costume de marque que nous avons choisi, ensemble, dans son impressionnante garde-robe. Je l'ai attendu dans la voiture devant l'entrée de la maison. Il est monté et s'est assis près de moi, affichant un sourire caustique dont je n'ai pas compris la signification. Fraîchement arrivé en Arabie, je n'avais eu aucun contact avec une femme, hormis Safi, l'épouse de mon patron. Mais avec elle, je n'avais que des échanges polis, comme il sied au chauffeur de la famille. Quant aux femmes qu'il m'était donné de rencontrer, elles étaient toutes vêtues de l'*abaya* noire qui leur couvre tout le corps et la tête, incarnant ainsi l'enfermement de toute la société.

J'étais un peu perdu dans le vaste salon de la villa, abandonné par Khaled qui m'a remis un verre de vin français. Il était allé rejoindre une femme parmi un groupe d'invités. Du doigt, il m'avait indiqué auparavant un coin du salon en me disant :

— Ne sois pas timide, cherche-toi une partenaire là-bas. Tu oublieras vite que tu te trouves en Arabie.

Je m'avançai en évitant les convives, dont beaucoup étaient déjà passablement éméchés. Leur allégresse était à la mesure de l'alcool ingurgité. Ou peut-être étaient-ce d'autres substances qui les rendaient euphoriques ? Khaled m'avait mis en garde contre les pilules et les lignes blanches que l'on pourrait me proposer. Cela étant, l'alcool coulait à flot. Je le voyais à l'incessant ballet de serveurs qui allaient et venaient, un plateau à la main. Ils faisaient provision de verres au bar, dont le comptoir immense alignait les bouteilles de whisky, de gin, de vodka, de champagne et de je ne sais quoi encore. J'ai poursuivi mon exploration sans me lasser de contempler les femmes dont le visage découvert était si inattendu que je me crus brusquement transporté dans un autre pays.

C'est alors que mon regard est tombé sur une femme d'environ trente ans, petite, les cheveux courts, la taille svelte, les seins semblables à des abricots mûrs, les fesses rebondies. Elle avait les épaules et le dos nus et portait une robe extrêmement courte qui cachait à peine ses dessous, serrée à la taille par une grosse ceinture. Elle était excitante et séduisante à souhait. Comme moi, elle était là, debout, toute seule, l'air de s'ennuyer. M'ayant repéré, elle se mit à me lancer des regards, comme pour m'inviter à lui servir de cavalier, mais je me contentai de la contempler en silence.

La musique se fit plus forte, une musique égyptienne, dansante, que diffusaient des enceintes judicieusement réparties aux quatre coins de la salle. Aussitôt, un certain nombre d'invités ont formé un grand cercle et se sont mis à frapper des mains en cadence. Elle dansait au milieu en tapant le sol de ses hauts talons, en balançant les mains de façon rythmée. Elle ondulait langoureusement du ventre et des hanches, tout en faisant vibrer ses fesses, tandis que ses lèvres à demi ouvertes semblaient accompagner le rythme.

Autour d'elle, les invités applaudissaient et dansaient, tout excités, un verre d'une boisson rouge foncé à la main. N'hésitant plus, j'ai rejoint le groupe et avancé vers elle sans me soucier de leur réaction. Je lui ai saisi la taille d'une main et l'ai tirée fermement à moi, mon visage près du sien, ma main gauche plaquant ses hanches et la droite posée sur son épaule. Pendant quelques secondes, nous avons échangé des regards et nos souffles se sont mélangés. Elle n'a manifesté ni réticence ni dédain. C'était comme si elle appréciait autant que moi la frénésie du moment. Elle a haussé les sourcils et m'a dit avec assurance :

— Si tu ne m'avais pas plu, je t'aurais fait payer cher ton audace.

Elle m'a entraîné à l'écart vers un canapé et s'est assise tout contre moi. Aussitôt, une chaleur subite a envahi mon corps, comme la première fois que j'avais approché une femme. Siham m'a souri, le regard longuement appuyé sur mon pantalon gonflé. Sans retenue, elle a continué de le fixer, malgré la gêne qui me gagnait.

Nous nous sommes mis à parler de tout, de mode, de philosophie, d'amour. La société qui sépare les deux sexes par la force ne peut prétendre créer une communauté meilleure, affirmait-elle.

— J'ai grandi dans une société où il n'était permis de jouer avec les garçons que jusqu'à l'âge de six ans. Après, tout changeait. La mixité devenait prohibée. Dans mon école, il n'y avait plus que des filles. Et personne ne m'a expliqué pourquoi je ne pouvais pas jouer à la balle avec le fils des voisins et pourquoi je ne pouvais fréquenter que des filles. Lorsque ma mère m'a appris ce qu'étaient les marques de la maturité, elle ne m'a pas expliqué ce que je devais faire lors de mon premier rendez-vous amoureux. Personne, dans la famille, l'école ou la société, ne nous a jamais enseigné sur le sexe ce que nous avons découvert plus tard, soit lors de relations secrètes conclues derrière des portes closes, soit par le moyen d'Internet. Mon père ne s'est jamais opposé à me voir accompagner une fille, n'importe laquelle, même de mauvaise réputation ; l'important était qu'elle fût une fille comme moi, dotée comme moi d'organes de reproduction.

J'étais médusé devant la logique imparable de Siham et l'ampleur de ses connaissances. Je fus encore plus surpris d'apprendre qu'elle n'avait aucun diplôme d'études supérieures et qu'elle avait interrompu son cursus en deuxième année d'université. Nous partagions beaucoup d'idées, en particulier sur la mort, cette inconnue à la gueule toujours ouverte.

Ce soir-là, nous n'avons pas fait l'amour, en dépit de la proximité et de l'excitation qui nous enveloppaient. Comme moi, elle avait la conviction que faire l'amour obéit à un désir total et égal chez les deux partenaires. Pour franchir le pas, il ne suffit pas que le désir se manifeste chez l'un des deux. Notre première relation sexuelle, nous l'avons eue plus tard, dans la voiture, sans l'avoir projetée. Nous admirions le coucher du soleil dans un coin isolé de la corniche de mer, quand Siham s'est portée vers moi avec souplesse et calme. Elle s'est glissée entre le volant et ma poitrine, se moulant entièrement contre les courbes de mon corps. Nous avons joui en même temps, comme pour signer par notre gémissement la première de nos torrides rencontres. J'ai su alors que, comme moi, elle croyait ferme que « la copulation la plus brutale est pourtant la plus sublime ».

Mais Siham avait plus d'un tour dans son sac. Chez elle, le sexe alternait avec les réflexions abstraites, qu'elle déployait avec une adresse confondante. Elle m'emmenait sans cesse sur le terrain de la philosophie, qui m'était totalement étranger. Elle citait les grands penseurs avec une aisance déconcertante :

— Kant a dit : « Si tous les hommes mentent, la sincérité ne serait-elle qu'illusion ? » En d'autres termes, la morale n'a rien à voir avec la personnalité de celui qui la définit. Un philosophe peut être vil et malfaisant, et livrer pourtant de magnifiques leçons de morale.

— Cela veut-il dire que nous devrions distinguer la pensée et celui qui l'exprime ?

— Tout à fait ! Il y a d'ailleurs beaucoup de philosophes dont la biographie est entachée d'actes honteux, parfois même immoraux, incarnant ainsi le fossé entre la profondeur d'une pensée et l'inconsistance de celui qui la défend.

— Ce sont des choses tout à fait nouvelles pour moi, Siham. Je vois que vous êtes une intellectuelle !

— Je le dois au penseur saoudien Abdallah al-Qasemi, qui un jour a écrit : « Ô peuples, vous qui êtes épuisés par la quête de la vertu, essayez donc le vice. Vous y trouveriez sans doute les valeurs qui vous manquent tant. » Le grand changement dans ma vision s'est produit à la lecture de son livre *Voici les menottes*. C'est à partir de ce moment-là que j'ai commencé à m'intéresser à la persécution des minorités et des faibles au nom de la religion… J'ai pris conscience du fait que la justice et l'égalité étaient de grands mensonges, inventés par celui-là même qui a déclaré : « La conviction est un trésor qui ne s'épuise jamais. » Je dois dire aussi que j'ai rencontré des gens formidables qui m'ont ouvert de nouveaux horizons. Je suis du Sud-Yémen, vois-tu. Aden n'est pas Sanaa. C'est un port ouvert de toute éternité sur le monde. Les influences arabes, africaines, iraniennes et indiennes s'y sont croisées et n'ont cessé de l'irriguer. Dans le sillage des commerçants et des marins, des aventuriers s'y sont rués, en quête de richesses et d'aventures. Sais-tu que l'un des plus grands poètes français, Arthur Rimbaud, y a séjourné ? Et pas pour composer des vers : il s'y livrait au commerce des armes ! Hélas, le malheur s'est abattu sur nous il y a un demi-siècle, quand un parti marxiste-léniniste a pris le pouvoir et a imposé sa vision de l'homme et de la société. Cela dit, la vie intellectuelle n'a pas périclité à Aden, comme à Sanaa, la capitale du Yémen du nord : une ville ultra-conservatrice et bigote, où la mort intellectuelle est garantie.

— Mais alors, tu dois regretter d'être partie en laissant les tiens endurer la mort et la misère… Tu as choisi de t'installer ici, dans une société qui scintille de tous ses feux comme des bijoux en toc !

— Non. Vois-tu, la guerre civile n'est pas ma tasse de thé. Toi aussi, tu as fui l'enfer des luttes fratricides, sans songer à sauver la patrie en danger !

Histoire de Râm

1

Me voici de nouveau planté devant mes deux vaches, avec la résolution du soldat dans un défilé militaire. Ma tenue est impeccable, je porte la cravate achetée il y a vingt-cinq ans pour mon mariage. Je ne la mets plus que devant mes vénérables bêtes, en signe de respect et de considération. Un rituel que j'ai appris de ma mère et qui n'a rien à voir avec nos règles religieuses hindoustanies. Comment ne pas les respecter, ces vaches qui nourrissent de leur lait ma famille et nous fournissent un surplus qui assure, une fois vendu, nos besoins quotidiens ? Nous continuons de pouvoir nous nourrir, mais la malédiction de la pauvreté ne cesse de nous poursuivre.

Écrasé par la charge de mes cinq filles, mes cinq anges, je dois penser aussi à pourvoir aux dépenses de leur mariage en respectant les traditions indiennes, lesquelles imposent à la femme de verser une dot au mari, tout à l'inverse des usages au Moyen-Orient. Je ne me doutais nullement que j'en arriverai à vendre une de mes vaches pour compléter, avec la modeste somme obtenue, l'argent emprunté au frère de ma femme Tchida, afin de régler à l'agence de recrutement les frais du visa de travail dans un pays moyen-oriental appelé Arabie saoudite.

Là-bas, au milieu du désert, il y a du pétrole et de l'argent, en telle quantité, dit-on, que l'on trouve couramment, sous son oreiller, des billets de banque dont on ignore la provenance. C'est le pays dont les citoyens ne travaillent pas, si bien que l'on y recourt à des millions de travailleurs étrangers venus des contrées les plus pauvres de la planète. Armé de cette vision optimiste et simpliste, je me suis lancé dans l'aventure de la « première immigration », dans l'espoir d'amasser assez d'argent pour garantir le bonheur à ma famille et à moi-même. Car pour être vraiment heureux, il te faut être riche.

À l'agence, on m'a promis monts et merveilles : je reviendrai les poches pleines de dollars et n'aurai plus besoin de travailler de toute ma vie. Pour cela, il me suffira d'obéir aux règles du pays. La première consiste à ne jamais parler de religion ou de politique ; la seconde, à bosser, bosser et bosser encore, sans rechigner ! Les Indiens sont très appréciés en Arabie pour leur ardeur au travail et… leur proverbiale docilité. On en compte officiellement un million et demi environ, mais ils ne sont pas organisés.

Après avoir bouclé mes valises, Tchida a posé son visage rond sur ma poitrine et m'a dit :

— Je t'en supplie, promets-moi de revenir comme tu es, avec le même cœur et le même esprit. Promets-moi de me considérer toujours comme la plus belle des femmes du quartier. Ta manière de promener ton doigt sur mon sein m'enflamme. Tu sais comment me faire jouir, simplement, avec dextérité.

— Te souviens-tu du moment où tu m'as annoncé ton souhait de devenir une star de Bollywood, à l'image de l'actrice Kareena Kapoor ? Je t'ai dit que tu serais encore plus magnifique et étincelante en actrice de films X. Tu surprendrais le monde à coup sûr et acculerais bien des stars à la retraite anticipée. Aujourd'hui encore, après quinze ans de mariage et alors que tu as quarante-cinq ans, j'en suis toujours convaincu. Mieux encore : plus tu avances en âge, plus tu es séduisante et ensorceleuse, tu me surprends sans cesse. Tu as été faite pour ce lit, ma chérie ! C'est ma dernière nuit dans Hyderabad, mes pensées sont décousues et mes sentiments confus, les yeux fixés sur mon exil volontaire et sur ce que le destin me prépare.

Bientôt Tchida me fait la danse de l'adieu en remuant voluptueusement ses fesses, qu'elle balance avec art. Je contemple ses charmes. Un verre de vin rouge suffit à enflammer mes sens et à m'amener irrésistiblement dans ses bras. Ensemble, nous avons poussé un cri bref, mettant fin à notre échange désordonné.

Contrairement à notre habitude, le sommeil nous a surpris dans l'état où nous nous trouvions, avec, sur le corps, les traces de nos effusions. Je ne sais comment je supporterai de ne plus la voir !

Nous nous réveillons au son désagréable de l'alarme, à 5 heures du matin. Je déteste faire des adieux à ceux que j'aime. J'ai choisi exprès cette heure matinale car il me faut m'en aller avant que les filles ne se réveillent. Tchida m'attire doucement à elle et me chuchote :

— Reviens-nous, c'est tout. Peu m'importe que tu sois riche ou pauvre. Je t'en supplie, reviens…

Je me suis vite faufilé par la porte, serrant la poignée rouillée de ma vieille valise, laissant derrière moi tout ce que je possède en ce monde – de belles comme de mauvaises choses –, dans l'espoir de repasser un jour la porte avec une valise neuve et luxueuse, qui ne me ferait pas honte comme celle-ci.

2

Dans le vol Air India de Hyderabad à Djeddah, une jeune femme prend place dans le siège voisin du mien. Je suis loin de me douter qu'elle est yéménite. Nous échangeons des regards et je prends l'initiative de lui adresser la parole :

— Vous êtes indien ? me demande-t-elle aussitôt dans un mauvais hindi.

— Oui, je suis indien. Sans doute n'êtes-vous pas vous-même indienne, n'est-ce pas ?

— Je suis yéménite, née en Arabie saoudite, et je suis en deuxième année d'université. Mon nom est Siham.

— Je m'appelle Râm.

— Ravie de faire votre connaissance.

— Moi de même. Où avez-vous étudié l'hindi ?

— À l'Institut des langues étrangères. J'avais besoin de l'hindi pour mes études, qui se faisaient en hindi et en anglais.

— Ah !

Moment de silence, que je brise en bafouillant maladroitement :

— Si je peux me permettre : je vous trouve vraiment jolie et séduisante. J'ignorais qu'il y avait en Arabie saoudite de si belles femmes.

Elle sourit et s'abstient de tout commentaire. La conversation s'engage alors et nous passons d'un sujet à l'autre, sans ordre ni logique, juste pour meubler le temps du vol, plus de huit heures avec l'escale. Petit à petit s'installe pourtant une sorte d'intimité, à mesure que des questions personnelles sont abordées. D'abord avec quelque retenue, puis de plus en plus franchement. Au fil des heures, le contact physique accidentel n'est plus bridé par les règles du savoir-vivre. L'exiguïté des fauteuils aidant, nous nous effleurons sans mal, si bien qu'en somnolant, elle n'hésite plus à appuyer sa tête sur mon épaule, le plus naturellement du monde. Je suis imprégné de son parfum et de l'odeur de son corps.

Soudain, Siham m'agrippe la main. Nous traversons une zone de turbulences, l'avion connaît de violentes secousses. Je ne sais qui remercier, du destin ou du commandant de bord, pour avoir provoqué ce moment magnifique. Je redresse l'accoudoir qui nous sépare. Elle se blottit dans mes bras. Je peux alors poser ma main sur sa hanche et oser une caresse imperceptible. Il me semble qu'elle ondule sous cette légère pression et accompagne mon geste. Une chaleur m'envahit, comme si c'était la première fois que je me retrouvais au contact d'une femme. Mais je reconnais que celle-ci est particulièrement attirante. Elle ne cesse de me dévisager, accentuant plus encore ma gêne manifeste. Je me dis qu'elle est exceptionnelle. Ma curiosité n'en est que plus aiguisée, j'aimerais tant en savoir davantage sur elle. J'ai ma propre philosophie sur la manière d'approcher une femme : plus elle est libérée, plus je suis attiré.

Sa main ne me lâche plus. Je brûle d'envie de la serrer contre moi. Les dernières minutes du vol s'écoulent, pour moi exaltées et tristes à l'idée de nous séparer à l'aéroport. J'aurais tant souhaité prolonger cet instant et suspendre le temps.

Suis-je fou ou ivre ? Comment expliquer cette attirance soudaine et irrationnelle ? En vérité, elle n'est pas plus jolie que Tchida, ma femme. Elle n'est pas non plus la plus jolie femme que j'aie vue dans ma vie. Cercle vicieux : je ne veux pas conclure avec elle, mais en même temps je jouis de cet ensorcellement.

Le commandant de bord annonce que l'avion amorce sa descente. Il invite les passagers à regagner leur siège et à boucler leur ceinture de sécurité. Je demande à Siham comment rester en contact. Elle inscrit sur mon bras, avec son rouge à lèvres, un numéro de portable, d'un tracé clair et élégant. Puis elle se lève pour se rendre aux toilettes et m'ordonne de la suivre. Je m'exécute sans réfléchir. Elle s'engouffre dans une des cabines, qui vient de se libérer, et m'entraîne vigoureusement à sa suite. Elle rabat le loquet et s'assoit sur le siège, face à la porte, en m'attirant fermement contre elle. Elle se met à m'embrasser goulûment, me maintenant coincé contre ses lèvres et ses cuisses, le dos appuyé à la porte. Une hôtesse se met à frapper violemment de l'autre côté et nous ordonne d'ouvrir. Nous sortons, dépenaillés mais au comble du ravissement. L'hôtesse nous demande ce que nous faisions ensemble dans les toilettes. Siham répond qu'étant mariés, il est naturel que nous nous rendions aux toilettes ensemble. L'hôtesse rit et me passe un mouchoir en m'indiquant les traces de rouge à lèvres qui me couvrent le visage et le cou. Elle chuchote :

— Faites attention, monsieur, nous sommes maintenant en Arabie saoudite.

En retournant à notre place, je me colle derrière Siham pour cacher mon émoi. Mais d'où sont donc sorties toutes ces femmes portant le voile ou le *niqab* ? Au décollage en Inde, il n'y en avait pas une. C'est comme si les passagères présentes au départ étaient toutes descendues à l'escale de Kaboul pour être remplacées par d'autres.

— Je vois, me répond Siham, que c'est la première fois que tu viens en Arabie saoudite. Il n'y a rien là de mystérieux. Les femmes se couvrent la tête dès l'annonce des préparatifs d'atterrissage. C'est un spectacle habituel, autant pour les Saoudiens que pour les résidents étrangers. Rares sont celles qui gardent leur *niqab* une fois à l'étranger.

Siham s'enveloppe dans une *abaya* noire qui lui couvre tout le corps et jette un châle sur ses épaules. Puis nous nous dirigeons vers la sortie.

Je me rapproche d'elle pour lui faire mes adieux et en profite pour lui dire combien j'admire ses formes sublimes. Elle esquisse un sourire, tandis que je continue de caresser son postérieur en profitant de la cohue du débarquement.

Dans la salle de livraison des bagages, l'air est chaud et humide. Je regarde autour de moi. Toutes les femmes sont camouflées sous le tissu noir de leur *abaya*, le visage rendu invisible par le *niqab*. La plupart des hommes portent la barbe et une tunique courte. Soudain, je remarque dans un coin de la salle un barbu qui ne cesse de nous scruter, Siham et moi, d'un regard inquisiteur et méprisant. Mauvais signe ! Brusquement, un agent de sécurité se dirige vers nous et, sans aucune explication, nous entraîne hors de la salle. Il nous indique la porte du bureau de l'officier de sécurité. Je lui réponds en anglais que je ne parle pas l'arabe et que j'exige de savoir ce qui se passe. Il ne répond rien et Siham me dit de garder le silence.

Dans le bureau, nous reconnaissons, assis au côté de l'officier de sécurité, l'homme qui nous dévisageait dans la salle des bagages. D'une voix ferme, Siham demande la raison de notre convocation. L'homme devance l'officier :

— Vous saurez tout, mais dans le bureau de la police religieuse.

Il me jette un regard hautain et haineux. Son apparence, me dis-je, est sans rapport avec ses fonctions. Siham et moi sommes placés dans une petite pièce contigüe au bureau de l'officier, porte fermée à clé.

— Que se passe-t-il, Siham ?

Ses traits ont changé. Elle est prostrée et immobile.

— Nous sommes tombés entre les mains du Département, semble-t-il. Cet homme nous surveillait dans l'avion et nous a dénoncés. Je crois qu'il travaille pour eux.

Elle est interrompue par le barbu :

— Vos passeports ! ordonne-t-il brutalement.

— Nous sommes en règle. Quel est le problème ?

— Vous faites du racolage, dit-il à l'intention de Siham.

— Pas du tout ! Nous nous sommes trouvés assis par hasard l'un à côté de l'autre dans le même vol. D'ailleurs, Djeddah est ma destination finale, alors que monsieur poursuit son voyage jusqu'à Haïl. Il a une correspondance à prendre et son patron l'attend à l'aéroport. Il serait mécontent de ne pas voir arriver son employé.

L'homme se radoucit soudain. Mon départ immédiat semble lui convenir.

— Venez, il faut que nous parlions… Je crois que nous pourrions parvenir à un arrangement.

Il marque une pause et reprend :

— Vous êtes une jolie femme, il serait dommage que vous alliez en prison. Accordez-moi vos faveurs et je vous laisse partir.

Siham, stupéfaite, réfléchit. Puis se ravise et acquiesce à la proposition du contrôleur des mœurs. Avant de s'éloigner avec lui, elle s'assure cependant que je prendrai l'avion qui doit m'emmener à Haïl, ma destination finale.

Nous nous séparons. Je me dirige vers ma salle d'embarquement, ignorant où elle a été emmenée. Mais certain qu'elle a dû se soumettre à cet homme pour nous éviter d'être arrêtés.

Une heure et demie de vol. Me voici à l'aéroport de Haïl, dans le nord de l'Arabie saoudite, portant en moi toute la tristesse du monde. Mon patron – ici, on l'appelle « garant » – m'attend à la sortie. Mazaal est un homme très brun, large d'épaules, le visage dur. Il me salue avec rudesse, sans sourire, et me conduit à sa voiture, un vieux pick-up à banquette unique.

— Monte derrière, dans la benne ! me hurle-t-il au visage.

J'obtempère et grimpe avec ma valise. Je me fais l'effet d'un de ces moutons que l'on conduisait à l'abattoir, chez nous, dans le même genre de véhicule. Mazaal quitte le parking et s'engage sur une large route qui file droit en plein désert. La ville est loin, je ne la verrai pas. Dunes et monticules rocheux se succèdent à perte de vue. Parfois, le relief accidenté dessine d'impressionnantes figures dans la pénombre du couchant.

Au bout d'une heure, nous parvenons à la ferme où je vais travailler, dans la région de Khitta. Il se fait tard. J'aperçois un grand portail noir, encadré de hauts murs surmontés de barbelés. De l'extérieur, on dirait une prison. À l'intérieur, des palmiers et des touffes d'herbe parsèment le sol où broutent quelques moutons. Je distingue des bâtiments et des bicoques dispersés çà et là. Une angoisse m'étreint. Ce site ne ressemble en rien à ce que l'agence qui m'a recruté à Hyderabad m'a vanté avec force photos. Ce n'est pas l'une de ces fermes laitières ou agricoles modèles que l'Arabie a lancées à grands frais et dont elle est si fière. On m'a parlé de vrais îlots de verdure où poussent toutes sortes de légumes et de céréales, grâce à l'eau puisée dans les profondeurs du sol. Or, je ne vois que terre ocre et herbe sèche entre des baraques décrépies.

— Bienvenue, je m'appelle Komar. Je serai ton chef, mais n'aie crainte, je vais t'apprendre comment ça marche…

3

Tard dans la nuit, je contemple le ciel, couché sous les étoiles. Voilà plusieurs jours que je suis ici. Calé dans un coin de l'enclos, ma couverture tirée jusqu'au menton car les nuits sont fraîches, je partage ma couche avec les souris et quelques rampants. À côté, mon nouveau camarade Komar semble se plaire dans cette misère.

— Lève-toi, Râm, et suis-moi. Nous avons beaucoup à faire aujourd'hui. Je vais tout te montrer. Et d'abord une règle : tu dois exécuter les ordres sans poser de questions. Notre garant n'aime pas les questions, ni le retard dans l'exécution des tâches. Tu devras t'adapter à ce style un peu rude, si tu veux que les choses se passent gentiment.

Ces mots me déplaisent.

— Contente-toi de me dire ce que je dois faire sans commentaires désagréables, Komar.

Celui-ci m'apprend qu'en plus des travaux de la ferme, il me faudra exécuter une tâche un peu particulière. Ici, m'apprend-il, on fabrique de l'arak artisanal que l'on écoule en douce. Je ne comprends tout d'abord pas pourquoi vendre cette boisson dans le plus grand secret. Toujours est-il que je maîtrise très vite le processus entier de distillation, au point d'étonner Komar et de me surprendre moi-même. Sans doute ma passion pour le vin y est-elle pour quelque chose ! En quelques jours, je parviens même à produire le double des quantités quotidiennes qui me sont fixées, tout en maintenant la grande qualité de l'arak, et sans recourir à des ingrédients supplémentaires. Mon garant, Mazaal, en paraît satisfait. Je le vois dans ses yeux, mais il se garde bien de me le dire.

— Komar, lui dis-je, j'aimerais me rendre en ville. Découvrir Haïl et m'y promener. Je fais ce travail pénible depuis une semaine, sans une minute de repos !

— Tu crois avoir droit au week-end ? Je n'en ai pas moi-même, tu n'en auras pas non plus ! Nous ne sommes absolument pas autorisés à passer les murs de cette ferme. C'est la règle. Pas de téléphone portable. Aucune sortie. Aucun contact avec l'extérieur. Crois-moi, tu ne reverras l'asphalte de la route que le jour de ton départ définitif pour ton pays. Et même pour ça, il te faudra l'accord de notre garant Mazaal. Comme disent les gens du pays : entrer au bain n'est pas comme en sortir.

Je ravale toute ma déconvenue et l'emporte dans le petit coin que je me suis aménagé dans la ferme. Appuyé contre une pierre lisse, je contemple le ciel en remuant dans ma tête les paroles de Komar. La conclusion s'impose : je suis prisonnier. Oui, prisonnier, dans tous les sens du terme. Le temps s'écoule lentement et tristement. Il n'y a rien ici pour se délasser. Le travail occupe toute mes journées, ne me laissant que quelques heures pour dormir.

Au bout d'un mois, je ne me suis toujours pas adapté. Ma souffrance s'est même accentuée. Tchida et mes cinq anges me manquent terriblement.

Mon salaire mensuel est de 500 rials saoudiens. Un simple billet bleu qui m'a fait pourtant grand plaisir. C'est le premier fruit de mon long voyage ! Je l'ai aussitôt enterré dans un trou, heureux comme un jeune marié la nuit de ses noces. Mon ardeur au travail s'en trouve accrue, me faisant oublier toutes mes misères.

L'obscurité dense indique que nous sommes au milieu de la nuit. Un calme solennel nous enveloppe et couvre le chant des grillons, qui n'a pourtant jamais cessé les nuits précédentes. La lune est cachée derrière d'épais nuages noirs. Je suis pris d'une angoisse soudaine. Chose exceptionnelle, il n'y a pas un souffle d'air, et l'insupportable ronflement de Komar a cessé.

Brusquement, une jolie voix m'enveloppe comme par magie. Cette chanson n'a rien d'humain. Sa langue est incompréhensible. Je scrute les alentours. En vain. Mon ouïe aiguisée m'oriente toutefois vers l'endroit d'où paraît monter cette mélopée. Je le situe derrière l'étable aux dromadaires. Après quelques pas rapides dans cette direction, je trébuche contre les jeunes dromadaires couchés, indifférents aux accents de la mélodie. Plus j'approche, plus la voix enfle ; puis elle disparaît soudain, comme si de rien n'était. Stupéfait, je tombe à genoux, serrant ma tête entre mes mains.

La surprise et la peur m'envahissent. Je tente de me dresser sur mes jambes sans y parvenir. Elles sont comme enchaînées. Nouvelle tentative. J'entends le vacarme des dromadaires, soudain tout excités, qui se dirigent vers moi. Je crains d'être piétiné. Je ne sais comment je parviens à rassembler mes forces et à me glisser à l'extérieur sain et sauf.

— S'il te plaît, Komar, réveille-toi ! dis-je en haletant. Il se passe quelque chose d'étrange là-bas, quelque chose d'effrayant.

Je lui raconte la chose dans tous les détails. Il se redresse, furieux.

— Et c'est pour ça que tu me déranges en plein sommeil ? Honte à toi, Râm ! Je dors ici depuis des années et je n'ai jamais entendu d'autre voix que la tienne me réveillant à l'instant. Éloigne-toi, ou je ferai de ta chair de la pâtée pour les chiens !

Je me retire dans mon espace sans mot dire. Terrorisé, je me contente de réfléchir aux paroles de Komar. Qu'a-t-il voulu dire ? D'où lui vient cette violence ? A-t-il proféré ces menaces sous l'emprise de la colère ? C'est la première fois que je le vois sous ce jour. Son visage m'a soudain paru semblable à celui de mon garant, Mazaal. Gagné par le sommeil, je remets ces questions à plus tard.

Le lendemain, je suis réveillé très tôt par un rat qui mordille mon orteil découvert. Un rat gros et lent que je maudis, avant d'être interrompu par les cris de Komar :

— À partir de maintenant, je vais te traiter comme tu le mérites. Oublie que je suis indien comme toi, et gare à toi si j'entends le son de ta voix. Tu prendras en charge la moitié de mes tâches, et je te prive du petit déjeuner et du dîner. Maintenant, prends tes affaires puantes et va t'installer dans la cage à poules. Dorénavant, c'est là que tu dormiras. Avec les poules, oui ! C'est encore trop bien pour toi.

J'ai les larmes aux yeux. À l'instant même, je prends la décision de m'enfuir à la première occasion. Pour aller où ? J'ignore seulement s'il existe un endroit plus clément que celui-ci. Peu importe, je partirai, avec mon unique billet de banque en poche. Mais comment récupérer mon passeport que le patron a confisqué ?

4

J'ai achevé mon travail vers 22 heures et je guette le moment opportun pour m'évader. Comme hier, le calme règne sur la ferme. Komar est plongé dans le sommeil. Aux aguets, je demeure immobile, tout près des poules endormies.

Soudain, la voix angélique et mystérieuse se répand à nouveau, avec les mêmes mots incompréhensibles. Le chant lancinant a repris. Je veux en savoir plus avant de partir.

Empruntant le même chemin que la veille, je parviens au même endroit. Le son s'arrête de nouveau, tandis que reprend l'agitation des dromadaires, comme si tout cela était planifié. Je m'enfuis comme je l'ai fait hier, mais cette fois en direction de mon nouveau domicile, le poulailler. J'abandonne aussitôt l'idée de quitter la ferme, tout au moins je la remets à plus tard et me livre sans résistance au sommeil, à côté d'une poule blanche et grasse qui couve jalousement son œuf.

Aujourd'hui, j'ai le double de travail. Je dois préparer à moi seul un grand nombre de jerrycans. Après les avoir lavés, il me faut les remplir d'arak pour les mettre à disposition. La vente s'effectue au niveau du portail de la ferme, où je prendrai les commandes des clients, chargerai l'arak dans les voitures et encaisserai. Depuis que j'ai commencé à travailler ici, c'est la première fois que je vais rencontrer d'autres êtres que Komar, Mazaal, les gardiens et les animaux de la ferme.

Après en avoir fini avec le dernier jerrycan, je me prépare à accueillir les clients, dont la plupart sont paraît-il des gens infects, si j'en crois Komar. En particulier les revendeurs. J'ai malgré tout très envie de les connaître.

Le premier à franchir le portail est un jeune homme de belle apparence, au volant d'une voiture luxueuse. Il porte l'habit saoudien avec beaucoup d'élégance. Se dirigeant vers moi, il me tend un sac en plastique contenant vingt bouteilles vides et me dit :

— Pourriez-vous, s'il vous plaît, les remplir et les mettre dans le coffre de ma voiture.

Il me faut transvaser plusieurs jerrycans dans les bouteilles sans perdre une goutte du précieux liquide. Pas facile. Le jeune homme m'observe calmement. Après en avoir fini, je cale les bouteilles soigneusement, afin qu'elles ne soient pas ballotées.

— Voici le prix des vingt bouteilles, dit-il en me remettant 1 000 rials.

Avant d'ajouter à voix basse :

— Ce billet de 500 est pour vous, glissez-le vite dans votre poche afin que personne ne le voie.

Je ne m'attendais pas à être traité avec autant de gentillesse et de générosité. Je reste figé quelques secondes, avant de me décider à fourrer le billet dans la poche de ma chemise décousue et imprégnée d'arak. Le client remonte sa vitre, comme un signal de départ. « Mais oui, me dis-je, il existe des gens nobles sur cette terre ! Tous ne sont pas mauvais. » Il aura suffi d'un moment pour que ce jeune homme se montre compatissant et me remette un billet d'un montant égal au salaire d'un mois de pénible labeur.

J'achève de distribuer les bouteilles en un temps record. À peine le gardien a-t-il fermé le portail, je cours enterrer le billet du jeune homme près du premier. Je me sens de nouveau encouragé à partir. Je me doute que mon salaire ne correspond nullement aux traitements habituels de ce pays. Je me suis fait piéger depuis Hyderabad et l'on m'a réduit au servage. Mais comment fuir de cette ferme entièrement clôturée, plantée au milieu de la steppe ? Assurément, c'est mission impossible. Je dois pourtant le faire, coûte que coûte.

5

Tchida, mon amour ! Pour la première fois depuis que je te connais, je ressens le besoin impérieux de t'écrire une lettre, la première et la dernière à la fois, sans doute. Qui sait ? Je m'interroge souvent sur l'amour et me demande s'il a une fin. Est-ce que nous nous réveillons un matin pour constater que nous sommes sans amour et qu'il nous faut poursuivre comme s'il n'y en avait jamais eu ? Pour moi, l'amour fait partie de ces choses éternelles qui échappent à notre volonté. Nous ne pouvons le soumettre à nos rêves, à nos attentes, à nos intérêts. Nous ne pouvons élire la personne que nous aimons, ni choisir le moment d'aimer.

Tchida, je t'ai aimée inopinément, sans préméditation. Je n'imaginais pas rencontrer mon futur amour dans une rue que je n'avais jamais empruntée. Jusqu'au jour où je t'y ai vue. J'avais été contraint de passer par-là en voulant éviter les chiens qui pullulaient sur mon trajet habituel. Pense donc ! À l'origine de notre rencontre, il y a ma peur panique des chiens ! Ce jour-là, mon regard fut attiré par ta longue chevelure et ton style aguichant, plutôt rare à l'époque. Un short vert ultra-court et un body rouge dont je revois parfaitement les courbes érotiques et déstructurées. Les filles n'avaient pas l'habitude de s'accoutrer de cette manière. Ce désaccord de couleurs dut exacerber mon envie de te suivre discrètement jusqu'à ton domicile. Ce que j'ai fait sans me l'expliquer, alors que je l'aurais réprouvé de la part de mes amis.

J'ai finalement décidé d'emprunter tous les jours le même chemin, dans l'espoir de te revoir, mais en vain. C'est ainsi que j'ai pris l'habitude de me poster de longues heures devant ta maison pour t'apercevoir, même furtivement, sans me faire remarquer. Jamais je n'avais imaginé tout laisser tomber, y compris la fille que mes parents m'avaient choisie. Je m'étais accoutumé à l'idée de l'épouser, jusqu'au jour où je t'ai vue. Tu as bouleversé ma vie et mes projets. Et j'avoue que je ne m'attendais pas à te voir tout laisser tomber, y compris tes riches parents, pour t'attacher à un homme de condition modeste comme moi. Je me souviens parfaitement de tes paroles : « Mes parents, avec tout leur argent, n'ont pas réussi à me séparer de toi. » Notre amour a vaincu la puissance de l'argent. Je n'exagère pas en disant que dormir dans tes bras et dans ta chambre équivalait à toute la vie de luxe que nous aurions pu avoir.

J'étais séduit par ta façon de t'habiller, toujours provoquante, ignorant les critiques, y compris les plus blessantes. Crois-moi, chère Tchida : je n'ai aimé et je n'aimerai aucune autre que toi. Je dirai même que je ne saurais aimer une autre que toi. Je n'ai rien tenté, bien sûr, mais je me connais et c'est pourquoi je n'ai pas songé à la chose.

Te souviens-tu de ma promesse de ne jamais approcher une autre femme, sauf en ta présence et avec ton accord ? Tu m'avais fait la même promesse. Nous étions sincères. Et pour que les choses soient limpides, nous nous sommes raconté sans détour nos aventures d'adolescents. Je me souviens de ta surprise, lorsque je t'ai avoué que je n'avais eu qu'une seule expérience. Sans commune mesure avec les innombrables garçons avec qui tu avais fait l'amour ! Tout était clair, nous jouions cartes sur table, nous étions convenus d'observer la plus grande franchise dans toutes nos relations.

Hélas ! En dépit de toutes ces belles choses, j'ai osé te trahir quelques heures après t'avoir fait mes adieux. Tous mes engagements se sont évanouis et, sans m'en rendre compte, je me suis adonné dans l'avion à des attouchements intimes. Encore aujourd'hui, j'en ignore les raisons, en dépit de la mauvaise conscience qui me taraude. Surtout maintenant, alors que j'écris cette lettre. C'est comme si je cherchais à dissiper mes remords.

En même temps, je meurs d'envie de revoir Siham… Oui, j'éprouve un désir fou de la revoir, pour achever ce que nous avons entamé dans ce lieu si peu propice aux ébats que sont les toilettes d'un avion. Je suis partagé, mais je suis certain que tu comprendras, ma chérie, par quoi je passe. Tu ne pardonneras mon péché qu'après mon retour auprès de toi, les poches pleines d'argent, assez pour acheter la maison de tes rêves. Alors seulement, j'aurais le courage de tout t'avouer.

Je termine ma confession en me souvenant du goût de ta langue et de tes lèvres qui m'a accompagné pendant vingt-cinq ans. Et je continuerai à me remémorer ce goût délicieux jusqu'à notre future rencontre. En attendant, je t'adresse tout mon amour.

6

J'ai rassemblé toutes les pierres sur lesquelles j'ai gravé ma lettre et je les ai portées jusqu'à mon coin. Je vais devoir creuser plus profond cette fois, à mains nues, afin de loger toutes ces pierres. Soudain, mes doigts heurtent quelque chose de dur. Je déblaie tout autour pour dégager la forme que je devine. Ma main tremble et mon cœur bat fort. Je dois me rendre à l'évidence : c'est un cadavre.

Je tâte avec horreur afin de m'assurer que je ne me trompe pas. Hélas ! Le doute n'est pas permis. Je suis abasourdi, c'est bien un corps. À qui appartient-il et qui l'a enfoui ici ?

Je pose mes pierres et m'éloigne pour réfléchir. Il me faudra avertir Komar dès le réveil, demain matin. Il me dira ce qu'il convient de faire. Un crime a été commis, c'est sûr, et les autorités doivent être alertées.

Je marmonne en m'éloignant du trou. Les idées se bousculent dans ma tête et me laissent une impression pénible. Et si Komar était déjà au courant ? Peut-être est-ce lui, le meurtrier ? Il y a trop de choses bizarres dans cette ferme. Les chants plaintifs la nuit, et maintenant ce cadavre ! Et si j'étais la prochaine victime ? Il est temps de m'enfuir.

Je retourne vite à l'endroit excavé et me mets à combler le trou. Une solution provisoire, le temps d'aviser. À l'aube, le coq chante au-dessus de ma tête. Je me lève en hâte. Les impressions terribles de la nuit me reviennent. Les mêmes questions aussi. J'aurai donc à affronter la situation, pas de doute.

Mais la journée s'écoule normalement, sans que je voie personne. J'ai passé des heures à la distillerie et j'achève enfin la mise en bouteille de l'arak destiné aux revendeurs et aux particuliers. Je n'ai pas vu le patron et Komar n'a pas paru depuis ce matin. J'assume donc seul le service à la clientèle. J'aurai au moins gagné de ne pas voir sa sale gueule et de ne pas souffrir ses insultes.

Le gardien ouvre le portail. La livraison commence de façon ordonnée. J'en ai presque fini, quand je remarque la voiture du généreux client de la veille. Il descend et s'approche.

— Écoutez… Je ne connais pas votre nom.

— Je m'appelle Râm.

— Râm. Bien, écoute-moi attentivement. Je suis venu te mettre en garde. Tu dois t'enfuir, la police ne tardera pas à arriver. Elle est à la recherche de Mazaal. Ils ont appris qu'il y a ici une distillerie d'arak. Toi aussi, tu risques gros. Tu dois t'en aller.

— Pourquoi prenez-vous la peine de m'aider ? Vous me connaissez à peine et je ne vous connais pas non plus.

— Tu dois me faire confiance, Râm. Ce n'est pas le moment de poser ce genre de questions. Suis-moi. Je vais m'assurer qu'aucun gardien ne nous regarde et tu te glisseras dans le coffre arrière de ma voiture. Nous pourrons ainsi passer le portail sans te faire voir.

— Je vous fais confiance. Je crains de ne pas avoir d'autre choix…

Une demi-heure passe. Secoué à l'arrière de la voiture, sans rien voir ni entendre, je commence à être gagné par le doute. Je déteste attendre, à plus forte raison dans pareille situation. Je serre mes chevilles dans mes mains et ferme mes yeux, livré à mon sort.

— Viens donc ! Sors de là, Râm.

Il me tend la main pour m'aider à sortir.

— J'ai failli étouffer !

Il me propose de m'assoir à l'avant.

— Tu es sauvé, mon frère ! Ne sois pas inquiet. Je sais peu de choses sur toi, mais je devine que tu es un homme simple, qui ne sait pas grand-chose de la méchanceté des hommes pour qui tu trimais. Sans compter que ton travail dans cette ferme était illégal. Fabriquer de l'arak est strictement interdit, c'est durement puni par les lois de ce pays. C'est pourquoi je suis venu t'aider et te sortir de là, quand j'ai appris que la police se préparait à un raid sur la distillerie.

— Sincèrement, je ne sais comment vous remercier, monsieur.

— Appelle-moi donc Salman. L'affaire est claire, tu n'as nul besoin de me remercier.

— Qu'adviendra-t-il de Komar ?

— Ne t'en fais pas pour lui. Il s'est enfui avant toi. C'est lui qui m'a appris que la police venait. Komar ne mérite pas que tu te préoccupes de lui. Il est parti sans t'en avertir. Pense plutôt à ton propre sort.

— Voilà donc pourquoi je ne l'ai pas vu de la journée ! Je comprends, maintenant. De toute façon, je songeais à m'enfuir, surtout depuis que vous m'avez remis en une fois l'équivalent de mon salaire mensuel.

— N'en parlons pas. Tu dois maintenant choisir ce que tu veux faire. Retourner en Inde ou rester en Arabie.

— Retourner en Inde sans avoir accompli quoi que ce soit ? C'est impossible. Plutôt mourir que retourner dans ma famille les mains vides. S'il vous plaît, Salman, aidez-moi. Il y a sûrement une meilleure solution.

— Je pourrais peut-être te trouver un travail, mais dans une autre ville. Cependant, tu dois savoir que la chose n'est ni simple ni facile. Je dois d'abord t'emmener à Djeddah, car tu ne possèdes aucune pièce d'identité. C'est une grande ville qui abrite des émigrés de nationalités différentes. Elle offre de très nombreuses opportunités dans le commerce, la construction ou la restauration. Mais le voyage n'est pas aisé : neuf cents kilomètres de route et plus de dix heures en voiture.

Je serais prêt à marcher pieds nus sur la braise ! L'important est qu'il reste quelque espoir et que je parvienne à Djeddah, où les opportunités ne doivent pas manquer.

Salman appelle au téléphone un ami de Djeddah qui travaille dans le secteur des services. Il obtient la promesse d'un emploi pour moi dans le bâtiment. Un travail extrêmement pénible, me prévient-il, d'autant qu'il exige de l'expérience. Mais le salaire est avantageux et équivaut à quatre fois celui de la ferme. Apparemment, la chance penche de nouveau de mon côté.

Nous atteignons l'endroit fixé par téléphone au passeur que Salman a pu joindre grâce à un ami. C'est un jeune homme de trente ans, dont l'expression dure et le comportement brutal ne me rassurent guère.

— Il vous en coûtera 2 000 rials.

Salman acquiesce, mais pose comme condition de verser la somme à mon arrivée à Djeddah.

Une fois le marché conclu, Salman me fait une accolade et me souhaite bonne chance. Je ne prononce pas un mot. Je ne sais quoi dire, c'est comme si on m'avait lié la langue. Et puis, je suis intrigué par son geste. Débourser 2 000 rials pour aider un inconnu, voilà qui n'est pas banal. Est-ce pure philanthropie ? Ou bien y a-t-il au bout du chemin des commanditaires qui nous attendent et sont prêts à verser ces sommes ? Komar s'est-il vraiment enfui de la distillerie en même temps que son patron ?

Le passeur me conduit à une maison délabrée, en plein désert, non sans avoir demandé à Salman de me transmettre ses directives, après avoir appris que je ne parlais pas l'arabe.

— Interdit de parler. Interdit d'avoir un téléphone mobile. Il faut obéir à tous les ordres du passeur. Telles sont les règles !

Le passeur me guide vers l'une des pièces. Je suis surpris de voir qu'elle est occupée par plusieurs dizaines de personnes serrées les unes contre les autres. J'aperçois un groupe de femmes blotties dans un coin. L'une d'elles a des traits indiens. Je m'approche aussitôt.

— Bonjour ! Vous êtes indienne ?

— Non, pakistanaise. Mais je parle l'ourdou.

— Je suis heureux de vous rencontrer. Si vous saviez comme il est difficile, dans cette situation, de ne pouvoir échanger. Dites-moi, vous vous rendez toute seule à Djeddah ?

— Oui, je vais rejoindre mes parents. C'est le seul moyen que j'aie trouvé pour faire le voyage. Je fuis mon mari, un homme violent qui pourrait me ramener de force chez lui.

Elle se tait brusquement et sombre dans ses pensées, mais ses yeux se remplissent de larmes et se teintent de tristesse. Elle est très belle, très attirante. Sous la grande *abaya* noire qui cache mal ses attraits, je devine un corps troublant.

Je m'assieds près d'elle sans le lui demander. Le manque de place nous presse l'un contre l'autre. Sans hésiter, elle pose sa tête sur mon épaule, en se serrant encore plus fort contre moi avec une feinte innocence.

— Avant sa mort, mon père m'a mariée à un homme de trente ans plus âgé que moi. Je devrais plutôt dire qu'il m'a vendue. J'étais toute jeune, j'ignorais tout de mon corps. Je ne l'ai découvert que sous les attouchements du fils des voisins. Il m'avait attirée un jour dans le pigeonnier dont il s'occupait sur le toit de notre maison. Ayant découvert les petits jeux auxquels je me livrais, mon père a décidé de me marier au premier Pakistanais venu, à la condition qu'il lui verse une grosse somme. Parviz, qui réside à Haïl, s'étant présenté, le mariage fut conclu en un clin d'œil. Je me suis retrouvée dans les bras d'un homme que je ne connaissais pas, dans une ville étrangère, loin de ma mère et de mes frères. Dès le premier jour, il a arraché mes vêtements, puis il m'a violée avec une telle brutalité que j'ai perdu connaissance. Ensuite, il s'est livré sur moi à bien d'autres pratiques. Il m'imposait les scènes de torture, de flagellation et de viol dont il se délectait dans ses films pornographiques, sans se soucier de me satisfaire. Seul comptait son propre plaisir. Avec le temps, j'ai recherché ma jouissance ailleurs. Avec la complicité de son autre épouse, j'ai mis à profit ses absences répétées pour entretenir des relations avec d'autres hommes. Cela se terminait toujours dans notre chambre à coucher, où je tenais à faire l'amour avec eux, sans doute pour me venger de lui. Peu m'importait, tant que j'y trouvais mon plaisir, jusqu'au jour où l'une de mes connaissances m'a dénoncée. Elle a remis à mon mari une vidéo, prise à mon insu, où l'on me voyait en pleine action. Je me suis décidée à m'enfuir, et me voilà ici, parmi des dizaines de personnes que je ne connais pas, la tête posée sur votre épaule, vous que je ne connais pas et à qui je raconte mon histoire sans retenue. La langue que nous parlons, la situation exceptionnelle que vous vivons m'incitent à me confier à vous.

Je me sens encore plus déprimé, en dépit du parfum sensuel de son histoire, plutôt triste et douloureuse. Elle a réveillé en moi du chagrin et d'autres sensations pénibles. Parfois, de grandes douleurs se cachent sous des fragments de bonheur. C'est exactement ce que m'inspire le récit d'Alchaba.

Soudain, le passeur déboule en compagnie d'hommes armés. Il nous ordonne de nous lever et choisit neuf personnes. Je fais partie du lot, avec Alchaba et une Indonésienne. On nous fait sortir et on nous dirige vers une voiture. Alchaba chuchote :

— La voiture est petite, elle ne peut pas tous nous contenir.

Deux des hommes armés nous ordonnent de nous déshabiller et nous fouillent minutieusement. Pendant toute l'opération, Alchaba et l'autre fille restent en sous-vêtements.

Ensuite, ils nous fourrent sur la banquette arrière et dans le coffre. Je me retrouve fort heureusement sur la banquette, entre Alchaba et l'Indonésienne, avec trois autres personnes. Les autres passagers sont entassés dans le coffre, tels de simples paquets.

La voiture s'élance enfin à tombeau ouvert sur un chemin de terre. Le soleil se couche. L'obscurité est bientôt complète, on ne peut rien distinguer au dehors. Le chauffeur conduit tous phares éteints, de crainte que la police ne nous repère de loin sur cette piste caravanière. De violentes secousses me pressent malgré moi sur la poitrine généreuse d'Alchaba.

Sans décélérer, le passeur a suspendu le contact téléphonique avec le complice qui, dans la voiture qui nous précède, s'assure que la route est libre et qu'il n'y a pas de patrouille à l'horizon. Il sort de sa poche un sachet transparent, plein de pilules jaunes qu'il gobe à intervalles réguliers, augmente le volume de la radio qui crache des sons épouvantables. Sa voix horrible accompagne les mots d'une chanson qui a le don d'accroître notre nervosité.

— C'est une rengaine stupide d'Azazi, un chanteur populaire saoudien, me chuchote à l'oreille Alchaba, qui m'apprend à l'occasion qu'elle est née en Arabie saoudite, en connaît les chansons et parle l'arabe, en plus de l'ourdou.

Au bout de quatre heures de route, nous arrivons devant une modeste maison, dans un petit village. Un homme armé aide notre passeur à nous faire descendre de voiture, puis il nous fait entrer, après s'être assuré que nous avons été fouillés.

Au milieu d'une petite pièce nous attend un grand plat de riz à la saoudienne, avec quelques rares morceaux de poulet. Machinalement, nous nous asseyons tout autour. Alchaba se serre contre moi et la fille indonésienne se glisse à côté. Les autres, trois Yéménites, deux Éthiopiens et un Syrien, prennent place également. Personne ne tend la main vers la nourriture ; nous nous observons sans bouger. Dans les yeux peuvent se lire de nombreuses interrogations, mais aucun de nous n'ose dire mot. L'un des Yéménites finit par rompre l'échange de regards silencieux :

— Mangeons. Nous ne sommes qu'au début de notre voyage, et les haltes ne seront pas nombreuses sur notre long trajet, d'après ce que j'ai compris.

Aussitôt, le groupe s'anime et les mains plongent dans le grand plat, si bien que je ne distingue plus la mienne de celles de mes compagnons.

On nous autorise ensuite à nous soulager l'un après l'autre près d'un grand palmier, puis nous reprenons la route, après que chacun a spontanément regagné la place qu'il occupait dans la voiture.

J'ai l'espoir que mon nouveau travail à Djeddah mérite toutes ces souffrances.

Notre passeur se remet à avaler ses pilules étranges. Je le désigne des yeux à Alchaba. Elle me chuchote que ces pilules sont des *lajjat* et que leur nom médical est Captagon. Une drogue extrêmement répandue en Arabie, quoique interdite.

Soudain, le chauffeur freine et demande aux deux filles de descendre. Il emmène Alchaba et l'Indonésienne derrière des arbres. Bientôt, Alchaba revient seule, terrorisée.

— Il a tué l'autre fille devant moi, après qu'elle lui a résisté ! Il a commencé par la violer, puis il lui a logé une balle dans la tête. Et moi j'étais assise près d'elle, sans oser bouger ni parler. Ma langue s'est nouée, mes membres étaient paralysés. J'ai vu la mort pour la première fois de ma vie. Je l'ai sentie.

Elle est en proie à l'hystérie, c'est à peine si je parviens à comprendre ce qu'elle me dit. Je tente de la calmer sans attirer l'attention du chauffeur, puis je la serre contre ma poitrine. Elle reste crispée pendant quelques minutes, puis se calme et se laisse aller dans mes bras, jusqu'à sombrer dans le sommeil.

7

Nouvelle halte, la dernière avant Djeddah. Nous y resterons jusqu'au matin. Le village est logé entre deux montagnes élevées. La route cabossée nous force à descendre de voiture et à marcher longtemps pour l'atteindre. On entend le hurlement des hyènes et des loups, invisibles mais guère éloignés, tandis que nous avançons en file indienne derrière le chauffeur qui guette les repères indiquant que nous allons dans la bonne direction.

Alchaba me chuchote à l'oreille qu'un mauvais pressentiment l'envahit, à mesure que nous avançons. Je prends sa main dans la mienne pour la rassurer. À l'entrée du hameau, nous croisons deux hommes armés. Ils nous prennent en charge jusqu'à une maison qui nous servira d'abri pour la nuit. Nous marchons sous leur protection entre des maisons de pisé sombres, sans âme qui vive. Le village paraît désert.

On nous fait entrer dans une grande maison de terre à la limite du village. Obscure, elle aussi. Seule la lune projette sa lumière pâle sur les pierres et les hommes. On nous introduit dans une pièce spacieuse.

— Vous allez dormir ici, nous dit l'un des hommes armés. Pour vos besoins, vous pouvez utiliser les toilettes à l'extérieur. Nous laisserons ouverte la porte de la chambre.

Mon esprit vagabonde, j'essaie de me souvenir des beaux moments que j'ai vécus avec Tchida, comme je le fais toujours quand je veux échapper à la réalité par la pensée. Mais je suis interrompu par la vision d'une fumée dense qui se répand dans tous les coins de la chambre. Il me semble voir des visages hideux se presser à la fenêtre. Je me frotte les yeux, mais c'est bien réel. Je me presse contre Alchaba, plongée dans le sommeil, et lui couvre le visage avec son *abaya*. Étant enfant, je voyais souvent des fantômes au moment de m'endormir. Ma grand-mère me cachait le visage et, pour ne pas faire de cauchemars, me disait de penser à ses moutons. Je parvenais à m'endormir.

Je me réveille. Cette fumée n'était qu'un rêve. Alchaba joue gentiment avec mes cheveux et murmure :

— *Hammam, hammam.*

J'essaie d'échanger avec elle. En vain. C'est comme si elle avait brusquement perdu la faculté d'entendre. Serait-elle tombée sous l'emprise d'âmes maléfiques qui hantent ces lieux déserts ? Ou a-t-elle tout simplement perdu la tête, après avoir assisté au viol et à l'exécution de l'Indonésienne ?

Je dois la soutenir jusqu'à la voiture. Nous titubons sur le chemin cabossé. Le village est aussi lugubre de jour que de nuit. On ne nous a rien donné à manger. Les hommes armés ont disparu et notre chauffeur a surgi de nulle part. En sortant de la maison, il nous distribue des bouteilles d'eau. Il a intérêt à nous garder en vie pour se faire payer. Mais où va-t-il nous livrer ? Car c'est bien d'une livraison qu'il s'agit. Marchandises ou esclaves : que sommes-nous d'autre sans nos papiers d'identité ? Alchaba m'avait exprimé ses craintes : elle ne retrouverait pas sa famille, et je serais prisonnier d'un de ces grands chantiers de construction où les ouvriers travaillent et dorment sur place sans pouvoir communiquer avec l'extérieur.

Nous approchons enfin de la ville de Djeddah, notre destination finale. L'animation des rues fait oublier les affres du voyage et renaître l'espoir.

Hélas, rien ne se déroule comme prévu. Notre voiture ne passe pas inaperçue avec son trop-plein de passagers. Une patrouille de police nous arrête pour un contrôle.

Mon sort est scellé. On m'expédie à la prison de Briman.

Rachwan

1

Assis sur le lit de Bassem, coincé entre ses genoux et le mur, je passe en revue les enregistrements vidéo sauvegardés dans son téléphone, comme il me l'a proposé. Des séquences de comédies souvent stupides, en tout cas vieillottes. Par ennui, je continue de faire défiler les images. Un court passage d'un film déluré montre une femme étendue sur un lit avec deux hommes. Je rougis. Bassem le relève avec insistance :

— N'aie pas honte, mon cher Rachwan ! Ce ne sont que des acteurs, même les gémissements sont artificiels. On peut voir dans son regard que la fille ne prend aucun plaisir. Rien ne vaut, cher ami, les vraies sensations !

Et de poser sournoisement sa main gauche sur ma cuisse. Je la repousse. Il sourit et recommence, remontant cette fois vers mon membre qu'il saisit fermement. À ma grande stupéfaction et à ma grande honte, je bande malgré moi.

— Laisse-toi aller, Rachwan. Regarde calmement la séquence, je me charge d'exciter tes sens. Détends-toi !

Je bondis d'un coup et me mets à hurler :

— À l'aide, Mansour !

Je me précipite vers mon dortoir, poursuivi par Bassem. Alertés par mes cris, mes codétenus me retrouvent à l'entrée. C'est Mansour qui m'accueille.

— Mansour, je t'en prie, protège-moi ! Bassem a tenté de m'agresser dans son lit.

— Dans son lit ? Ne t'ai-je pas interdit dès le premier jour d'entrer dans les autres dortoirs ? Et tu viens implorer ma protection !

— S'il te plaît, Mansour, j'ai peur. Aide-moi !

— Désolé, je ne peux rien pour toi. Je t'avais averti, mais tu es tombé dans le piège. Tu dois en supporter les conséquences.

Les larmes perlent dans mes yeux. Bassem crie à l'adresse de Mansour :

— Cet abruti de Syrien m'a volé cinq cents rials qui étaient cachés dans mon lit. Je suis venu régler son compte à ce voleur.

Mansour essaie de calmer Bassem sans y parvenir. Il insiste, mais rien n'y fait. Bassem persiste à m'accuser de vol. Il en appelle maintenant à Amin, le chef du bloc, le priant de saisir le sergent de mon affaire. Après l'échec des différentes médiations, je dois me présenter à l'entrée en compagnie du chef du bloc et de Bassem. Comment l'affaire va-t-elle tourner ? Le soldat, furieux, ouvre la porte :

— Que se passe-t-il ? Pourquoi me réveillez-vous à une heure pareille ?

Bassem devance tout le monde :

— Cet étranger est un escroc. Il m'a volé, il faut le punir. Il a même insulté notre pays, l'Arabie saoudite !

Le soldat s'écrie :

— Un voleur ! Et en plus, il insulte l'Arabie ? Tu vas le payer cher ! Laissez-le et partez au bloc, on va lui apprendre à bien se tenir.

C'est comme si le monde entier me tombait sur la tête. Je me remémore un poème d'Ibrahim Jrayfani, « Sourds-muets, ils ne raisonnent pas » :

Les rites diffèrent, les lois changent,
le ciel a pleuré ou fait semblant.
Un humain tue un humain
depuis que la terre a connu des prophètes.
Les religions sont descendues du ciel,
les guerres ont été créées sur terre.
Elles sévissent, sévissent et sévissent.
Lequel d'entre vous est génial ?
La conscience du monde est scellée.
Les cimetières sont plus nombreux que les lieux de culte.
Des vivants qui attendent la mort.
Je guette les saisons des migrations.
Les oiseaux ne migrent plus.
L'émigration et l'expulsion sont réservées aux hommes,
depuis les tombes grandes ouvertes.
Le cri des morts de la terre, des vivants sourds,
des vivants muets, des vivants déraisonnables.

— Tu viens profiter des bienfaits de notre pays et y commettre des crimes. Et par-dessus le marché, tu insultes le pays et ses citoyens ? Tu le regretteras !

— Monsieur, il y a un malentendu.

— Ta gueule, sale étranger !

— Je vous jure que je n'ai rien volé et que je n'ai pas insulté votre pays. Croyez-moi !

— Arrête de mentir, minable !

Il appelle d'autres militaires en renfort :

— Venez les gars, nous avons un client à soigner.

Ils me poussent brutalement vers le Solarium. L'un d'eux me tire jusqu'à un poteau métallique et me flanque une gifle magistrale, suivie de coups dans le ventre, la poitrine et le visage. Un autre m'attache au poteau avec les menottes et les fers, ils se mettent à me frapper à tour de rôle de leurs mains et de leurs pieds, puis à l'aide d'un câble métallique. Je hurle de douleur et m'époumone en vain. Les coups pleuvent sans arrêt, et plus je crie, plus ils me frappent.

— Alors ! Comment était ta promenade ? m'apostrophe l'un d'eux quand ils en ont fini. J'espère que tu en as bien profité !

Le mal est en chaque homme, tapi comme une bête qui ne demande qu'à bondir. C'est ce que m'a dit le jeune homme élégant qui s'est présenté il y a quelques jours à l'entrée du bloc avec de nouveaux prisonniers. À ses côtés se tient maintenant un officier qui défait mes menottes, en hochant la tête sans mot dire.

— Désolé pour ce qu'il t'est arrivé.

Je ne sais rien de ce jeune homme plein d'humanité. J'ignore ce qui l'a amené à accompagner l'officier compatissant. Reste une réalité irrécusable : j'ai été violemment battu par des membres de l'administration pénitentiaire pour avoir repoussé les avances d'un prisonnier !

2

— Fadi, j'ai besoin d'un téléphone portable. Pourrais-tu m'aider à m'en procurer un ?

— Rachwan, ce n'est pas si facile !

— *Please*, Fadi ! Dis-moi comment faire.

— Le prix des mobiles est très élevé, ici. Un Nokia coûte par exemple 5 000 rials, alors qu'il n'en vaut que 90 à l'extérieur ! Quant aux smartphones, comme mon Galaxy, c'est encore pire : 30 000 rials, alors qu'il n'en coûte que 2 000 sur le marché…

— Ouuuf ! Je ne m'attendais pas du tout à des prix pareils.

— Il y a bien une solution qui te permettrait d'acheter un mobile comme le mien sans débourser un sou…

— Ah bon ? Comment…

— Je vais te le dire. Tu sais que je vends des mobiles à l'intérieur de la prison, mais ce que personne ne sait, c'est de quelle manière je les fais entrer.

— Quel rapport avec moi ?

— Eh bien… tu vas m'aider à les faire passer.

— Hein ? Non, c'est impossible !

— La vie m'a appris qu'il n'y a rien d'impossible.

— Impossible ! Impossible ! J'aurais trop peur.

— Laisse-moi t'expliquer, tu y réfléchiras. Écoute ! C'est l'infirmier de la prison qui achemine les mobiles depuis l'extérieur. Ta mission consistera à assurer leur transfert depuis l'infirmerie.

— Mais comment ? Il y a toujours des inspections minutieuses, tant à l'entrée qu'à la sortie de l'infirmerie. Tu le sais parfaitement !

— Bien sûr que je le sais, mais nous avons nos méthodes.

— Lesquelles ?

— J'y viens. Il existe plusieurs façons de faire passer un mobile malgré les fouilles individuelles. La première consiste à se le fourrer dans l'anus. Cette méthode nécessite un long entraînement, elle ne te conviendrait pas.

— Dans l'anus ? N'y pense même pas !

— Laisse-moi terminer. La deuxième façon consiste à insérer le mobile dans le talon de ta chaussure, préalablement creusé. Pour toi, ce serait la meilleure solution. Mais tu dois être prudent et ne pas faire reposer ton poids sur le mobile en marchant, pour ne pas l'abîmer.

— Je crois en effet que cette solution est la plus simple et la meilleure.

— La meilleure pour toi, certes. Mais non sans dangers.

— Lesquels ?

— Si le militaire exige de vérifier tes souliers, il trouvera aisément le mobile. Il se peut aussi que l'écran casse si tu fais un faux pas.

— Je suis prêt à tout pour avoir un mobile. À tout, sauf à le fourrer dans mon anus !

— Entendu ! Demain, je t'envoie au dispensaire prendre deux mobiles. En contrepartie, je te laisserai le mien en cadeau, plus un millier de rials.

— Magnifique, cher associé !

Après l'effroyable bastonnade que j'ai subie deux nuits auparavant, mon moral s'est un peu regonflé. Enfin, je vais obtenir un smartphone et contacter Siham à ma guise ! Je la verrai même en direct grâce à l'application Tango. Il avait raison, celui qui a dit que la seule prison est la privation de téléphone mobile, tant cet objet remplace la télé, la radio et l'ordinateur, garantissant un lien permanent avec le monde. Il faut que j'annonce la bonne nouvelle à Siham.

J'emprunte son téléphone à Fadi, qui n'hésite pas un instant à me le prêter. Il ajoute :

— J'espère que tu as retenu la leçon. Tu as vu ce qui t'est arrivé quand tu as demandé le mobile à quelqu'un d'une autre chambrée. Ne t'adresse qu'à moi.

Le téléphone sonne et c'est Shamoukh, la propriétaire du mobile, qui répond :

— Allô, qui est-ce ?

— Bonjour, Shamoukh. C'est moi, Rachwan.

— Qui ça, Rachwan ?

— L'ami de Siham. On s'est déjà parlé.

— Ah oui ! Je m'en souviens. Siham m'a beaucoup parlé de toi.

— Ah ! *Please*, puis-je lui parler ?

— Oui, bien sûr. Je vais la chercher.

— Merci beaucoup, Shamoukh.

Siham saisit le téléphone.

— Bonjour, mon chéri !

— Bonjour, mon amour. J'ai une bonne et une mauvaise nouvelle.

— Ouh là… S'il te plaît, commence par la bonne.

— Bon ! Demain, j'aurai un mobile à moi tout seul. Je pourrais te parler quand je veux et quand tu veux. Et puis, je pourrais enfin te voir et voir des photos de toi. Revenir en arrière, aussi. Te souviens-tu de l'époque où nous avons fait connaissance ? Nous échangions nos photos. Tu étais obsédée par les selfies, tu me demandais d'en prendre de moi dénudé…

— Ô Rachwan, oui, je m'en souviens ! Félicitations pour le mobile, mais où as-tu trouvé de quoi l'acheter ? Aurais-tu amassé de l'argent discrètement ?

— Non, pas du tout. C'est tout simplement que mon ami Fadi fait de la contrebande de mobiles et qu'il m'a proposé de l'aider. En contrepartie, il me donnera un vieux téléphone.

— Ça ne me rassure pas vraiment… Prends garde à toi !

— As-tu jamais été rassurée, Siham ?

— Ne rouvre pas nos vieux comptes… Et maintenant, quelle est la mauvaise nouvelle ?

— Franchement, je ne sais comment te la raconter.

— Parle donc.

— Il y a deux nuits, j'ai eu un gros problème. Un dénommé Bassem m'a agressé dans son lit après m'avoir montré des vidéos pornos sur son téléphone.

— Et que s'est-il donc passé ? Pourquoi te tais-tu ? Continue…

— Je ne me tais pas, je suis encore affecté par ce qui s'est passé.

— Continue, vas-y !

— Lorsque j'ai repoussé ses avances et que je me suis enfui, il m'a accusé de l'avoir volé. Pis encore, il m'a poussé vers les soldats et m'a accusé de dénigrer l'Arabie saoudite ! Après quoi, des militaires m'ont attaché à un poteau et se sont mis à me battre. Ils passaient leur temps à m'insulter et à m'humilier.

— Je suis vraiment désolée pour toi. Ces gens-là ne craignent pas Dieu !

— Ne t'en fais pas, ma chérie. L'affaire s'est bien terminée. Alors que j'étais encore attaché et que je récupérais un peu, un prisonnier d'aspect respectable est venu me libérer avec un officier. Sais-tu le plus étrange ? Je ne sais toujours pas qui est ce prisonnier, dont je ne connais ni le nom ni les motivations.

— Un prisonnier respectable !

— Oui. Au premier coup d'œil, j'ai vu qu'il était différent.

— Comment peux-tu dire qu'il est respectable, si tu ne le connais pas ?

Un moment de silence, bientôt interrompu par Siham :

— Et les gars de ton dortoir ? Ils n'ont pas bougé ?

— Notre chef, Mansour, a tenté de calmer Bassem, sans conviction. Il était furieux contre moi.

— Pourquoi ?

— Parce que je me suis rendu dans un autre dortoir. C'est contre les règles.

— Aïe ! J'ai peur que tu te sois mis dans un sale pétrin, mon chéri. Sans la protection de Mansour, tu deviens une proie facile pour le premier venu. Reste sur tes gardes. On te veut du mal. Méfie-toi de tout le monde !

— N'aie crainte, ça va aller !

— Je suis désolée pour toi. Tu aurais mieux fait d'y prendre du plaisir, si tu ne pouvais le repousser…

— Y prendre du plaisir ?

— Oui, mon cher, c'est ma philosophie. À ta place, je l'aurais laissé faire. Lui… ou elle.

— Elle ? Que veux-tu dire ?

— Je n'ai pas encore eu l'occasion de te révéler mes penchants : je suis bisexuelle.

— Bisexuelle ?

— Oui, et ça s'est confirmé en prison. Je fais l'amour à peu près tous les jours avec l'une des prisonnières, Shamoukh, avec qui tu as déjà parlé.

— Je n'en crois pas un mot !

— Je te l'affirme, Rachwan. Pourquoi refuses-tu de le croire ? Il s'agit de ma liberté sexuelle.

— Je n'entendais pas du tout porter un jugement. Je suis seulement surpris car je n'avais rien remarqué.

— Tu n'en as pas eu l'occasion. Et puis, je craignais que tu n'en supportes pas l'idée. Te souviens-tu comme ton visage a changé quand je t'ai demandé qu'une amie participe à l'une de nos séances amoureuses ? Après cela, je n'ai plus osé aborder le sujet avec toi.

— Oui, en effet, je me souviens parfaitement de cette conversation.

— J'aimerais te poser une question, mais j'ai peur que tu ne te fâches…

— Au contraire, pose-la-moi, ma chérie.

— Pourquoi n'essaies-tu pas de faire l'amour avec l'un des prisonniers ? Tout au moins d'avoir une certaine proximité… Il faut que tu effaces de ta mémoire le viol que tu as subi enfant. Il faut oublier.

— Pourquoi discuter de cela maintenant ? Je t'en prie, Siham, changeons de sujet.

— D'accord… mais alors, pourquoi n'essaies-tu pas le Shabu ? C'est une méthamphétamine, une drogue de synthèse très répandue en prison. Shamoukh m'y a initiée. C'est génial pour le sexe. Ça te met dans une humeur formidable. Tu verras, tu me remercieras. Tu seras submergé par le plaisir et ne demanderas qu'à faire l'amour avec un codétenu.

— Il m'est impossible de faire l'amour avec un prisonnier, Siham. Impossible ! Je te prie d'oublier cette idée.

— Dans ce cas, laisse-moi te fredonner la chanson de Warda que tu m'avais dédiée :

Mes sentiments pour toi sont grands et grands
L'amour que je te porte est plein d'émotions
Et de tout ce que je possède de cœur et de conscience
Tu es mon œil, mon bonheur et mon espoir,
Venu au monde pour moi et personne d'autre…

— Comme c'est beau ! Et qu'elle est belle, Warda la Tunisienne !

3

Un matin, Fadi me demande de me préparer pour aller récupérer deux mobiles à l'infirmerie.

— N'oublie pas le sésame. Tu diras : « Ma tension est très élevée, aidez-moi, s'il vous plaît. »

Il ajoute :

— Quand tu seras seul avec l'infirmier dans la salle de consultation, dis-lui : « Abou Majed vous salue. »

J'avale mon petit déjeuner. Je ne suis pas très rassuré. Mon œil gauche cligne, mauvais présage dans mon pays. Je rassemble le peu de courage qu'il me reste et passe la porte du bloc. Cinq autres patients ont aussi fait le déplacement. L'un d'eux, Salmi, n'a pas l'air de beaucoup souffrir. Chez les gardiens, il a la réputation d'être l'un des plus importants pourvoyeurs de drogue de la prison. Il est le « bateau du bloc », expression qui désigne ceux qui transportent la drogue dans leur anus. Sa présence me perturbe.

La fouille personnelle, qui n'est pas très stricte, s'opère devant la porte du bloc, puis on est dirigé vers l'infirmerie. C'est la première fois que je m'y rends. On nous met ensuite les fers aux pieds et nous entamons notre progression. Le chemin n'est pas long, mais, les pieds enchaînés, nous avançons lentement. J'aperçois sur la gauche la porte de l'infirmerie, à proximité d'une tour de contrôle. Deux militaires en faction nous soumettent à une nouvelle fouille.

Une fois passés les gardes, je me rends à la consultation. L'infirmier ne tarde pas et se met à m'ausculter.

— Ma tension est très élevée, je vous prie de m'aider.

Puis j'ajoute :

— Abou Majed vous salue.

Immédiatement, l'infirmier s'en va fermer la porte et me dit :

— Enfin, vous êtes là... Je vous salue, envoyé d'Abou Majed !

Il ouvre un tiroir et en sort deux appareils, chacun enveloppé dans un sac plastique.

— Prenez et saluez Abou Majed de ma part.

Je glisse soigneusement les appareils dans le talon de mes chaussures, comme me l'a appris Fadi, et me rends d'un pas lent dans la salle d'attente où nous devons demeurer jusqu'au dernier patient. Nous repartons au bout d'une heure et demie.

À la porte de l'infirmerie, nous nous mettons en file pour subir la dernière fouille avant de nous diriger vers le bloc. Salmi est poussé par les gardes sur le côté pour subir une fouille méticuleuse. Mon cœur bat la chamade, même après le contrôle et le retour au bloc.

Je remets la marchandise à Fadi et lui raconte que Salmi a été retenu pour une fouille spéciale. Il s'esclaffe :

— Nous avons envoyé Salmi pour les tromper ! Ils le soupçonnent de tout. Je savais qu'ils n'en auraient qu'après lui !

Je suis encore éveillé quand le chef du bloc vient à minuit m'aviser de me préparer tôt, demain, pour le tribunal. Je descends du lit et me rends chez Fadi. Écartant d'un coup ce qui lui sert de rideau, je le découvre en train de prendre du Shabu.

— Excuse-moi, Fadi. J'ignorais que tu étais occupé. Je reviendrai plus tard.

— Mais non, pas de souci. Viens. J'ai entendu le gardien t'annoncer que tu te rendrais demain au tribunal.

— Oui, c'est pour ça que je suis venu. Je suis très inquiet.

— Viens, prends deux traits de Shabu et toutes tes inquiétudes s'envoleront. Tu seras dans un meilleur état physique et mental.

— Mais je n'en ai jamais pris…

— Tu n'en mourras pas ! Essaie au moins une fois. Après, tu me béniras, tu verras.

— Sais-tu que Siham en consomme dans la prison des femmes ?

— Incroyable !

— Elle aussi m'a suggéré d'essayer. D'après elle, ça provoque des sensations incroyables…

— Raison de plus ! Qu'attends-tu ?

Après la prise, je sens une chaleur insidieuse envahir tout mon corps. Puis une sensation formidable, entre transe et frénésie. C'est la première fois de ma vie que je consomme de la drogue. Je crois que ce ne sera pas la dernière.

Comme la première fois, je prends place près de Siham dans la salle du tribunal. Le même juge, élégant et soigné, ouvre la séance et lit la sentence.

— Devant moi, juge du tribunal pénal de la ville de Djeddah, se sont présentés à neuf heures du matin les prévenus suivants : premier prévenu, Siham Adini, de nationalité yéménite ; second prévenu, Rachwan Naasane, de nationalité syrienne. Était présent le procureur général. Interrogé sur les éléments de l'affaire, le procureur général a appelé comme témoin Muhammad Rida, de nationalité saoudienne, employé au bureau d'accueil de l'hôpital où les deux prévenus ont été arrêtés. Après avoir juré devant Dieu de dire la vérité, le témoin a déclaré : « Le jour de l'incident, le second prévenu s'est présenté à l'accueil où je travaille et m'a demandé de créer un dossier au nom de la première prévenue, qui venait d'entrer en salle d'opération en raison d'une hémorragie interne causée par un avortement clandestin. Quand je lui ai demandé les documents prouvant sa relation légitime avec la prévenue, il s'est embrouillé et a tenté de s'esquiver. J'ai aussitôt avisé le Département de la défense du bien et du pourchas du mal, qui a procédé à l'arrestation des deux personnes. » Interrogée sur les dires du témoin, la prévenue a répondu que ce témoignage était entièrement faux et qu'elle récusait ses affirmations. Elle a demandé que le témoin réponde à la question suivante : comment a-t-il su qu'elle souffrait d'une hémorragie interne causée par un avortement ? Nous avons posé la question au témoin, lequel a répondu qu'il l'avait appris par l'un des médecins présents, dont il a refusé de livrer le nom. À la question de connaître la réaction du second prévenu aux affirmations du témoin, ce dernier a répondu de manière identique à la prévenue, ajoutant qu'il n'avait rien de plus à dire. Interrogé au sujet d'autres preuves éventuelles, le procureur général a déclaré qu'il se contentait du témoignage cité. À la question de savoir si la prévenue avait quelque chose à ajouter, celle-ci a répondu : « Je dispose d'un rapport officiel de l'hôpital certifiant que je souffrais de douleurs au bas-ventre qui faisaient craindre une appendicite aiguë, ce qui contredit l'accusation du procureur général et du témoin selon laquelle j'aurais été enceinte du prévenu. » La prévenue a remis au tribunal l'original du rapport médical dont le texte dit : « Rapport médical émis par les urgences de la maternité de Djeddah. Après avoir examiné la patiente Siham Adini, qui a été admise en salle d'opération après un soupçon d'appendicite et après lui avoir fait subir des analyses détaillées, il est apparu qu'elle souffrait d'une congestion intestinale aiguë qui a été traitée immédiatement. Ce rapport lui a été remis pour valoir ce que de droit. » À la question posée au prévenu de savoir s'il voulait ajouter quelque chose, celui-ci a répondu qu'il était innocent et qu'il n'avait commis aucun crime méritant la prison. Après avoir étudié les pièces de l'affaire et le dossier d'instruction, et sur la base du témoignage du témoin, valide selon la charia islamique, le tribunal a conclu au maintien des charges pesant sur les prévenus, relatives à l'existence d'une relation illégale entre les deux, en raison de soupçons très forts pesant sur eux. En foi de quoi, le tribunal condamne la prévenue Siham Adini à cinq ans de prison, dont sera déduit le temps de réclusion effectué à ce jour, et à son expulsion du territoire dès la fin de sa peine, afin de mettre le Royaume à l'abri de ses méfaits ; et le prévenu Rachwan Naasane à cinq ans de prison dont sera décompté le temps de réclusion déjà effectué pour ce délit, et à son expulsion du territoire dès la fin de sa peine, afin de mettre le Royaume à l'abri de ses méfaits. Le tribunal décide aussi que la fille de la première prévenue, nommée Nour, restera à la garde de son père. Que Dieu nous indique la voix juste. Prière soit sur notre prophète Muhammad et sur sa famille. Signé : le juge du bureau n° 6.

Siham s'effondre. Elle est secouée de pleurs hystériques. Quant à moi, je suis anéanti.

Nous nous levons et retournons chacun dans sa prison.

4

Au milieu de ce désastre me revient le souvenir de ma mère. Dans ma tête, se bousculent les mots de sa chanson française préférée, « Sous le ciel de Paris », d'Édith Piaf :

Sous le ciel de Paris
S'envole une chanson
Elle est née d'aujourd'hui
Dans le cœur d'un garçon
Sous le ciel de Paris
Marchent des amoureux
Leur bonheur se construit
Sur un air fait pour eux…

Près de Notre-Dame
Parfois couve un drame
Oui mais à Paname
Tout peut s'arranger
Quelques rayons
Du ciel d'été
L'accordéon

D'un marinier
L'espoir fleurit
Au ciel de Paris...

Quand il est trop jaloux
De ses millions d'amants
Il fait gronder sur nous
Son tonnerre éclatant
Mais le ciel de Paris
N'est pas longtemps cruel
Pour se faire pardonner
Il offre un arc-en-ciel... *

Je demande à Fadi de me passer une gorgée de Shabu.

— Sais-tu, Rachwan, que le Shabu est cher en prison ? Une gorgée de ce que je t'offre vaut 1 000 rials.

— J'étais loin d'imaginer que c'était aussi cher !

— Siham ne t'a donc pas dit quels tarifs sont pratiqués dans la prison des femmes ?

— Non.

— Ils doivent être plus élevés qu'ici car il est plus difficile de les y faire entrer. Le gramme, qui coûte chez nous 3 000 rials, doit en valoir le double chez elles. Elles l'appellent l'or blanc...

— Plus cher qu'un gramme d'or !

— Eh oui. Que dirais-tu d'aller récupérer du Shabu à l'infirmerie ? C'est plus facile que de faire passer des téléphones, il y a moins de volume. Et puis, tu garantis tes besoins en Shabu, sans compter que tu pourrais même te faire rémunérer.

* Jean Dréjac / Hubert Giraud (Éditions Choudens, 1951).

— Mais comment ?

— Exactement comme pour les mobiles. Si tu es d'accord, je t'expliquerai la procédure plus tard.

— Laisse-moi le temps de réfléchir…

— Il n'y a pas lieu de réfléchir, Rachwan. Décide maintenant.

— Hmm… J'hésite.

— Si j'étais à ta place, je n'hésiterais pas un instant.

— Je vais y réfléchir !

— À propos, j'ai pensé à la grossesse de Siham. Je me suis demandé… est-elle enceinte de toi ou d'un autre ?

— De moi, sûrement ! Il n'y a aucun doute, Fadi, aucun doute !

Je ne sais jusqu'où j'irai sous l'influence de Fadi et si je resterai toujours moi-même. Le même jeune homme innocent, qui détestait les drogues et s'en méfiait, s'y adonne maintenant sans retenue. Ira-t-il jusqu'à en transporter… ? En me livrant à ces méfaits, je m'enfonce dans la criminalité. Jusqu'où ? Les questions se bousculent dans ma tête.

Siham m'appelle sur mon mobile. Conversation audio par Tango.

— *Please*, ma chérie, ouvre la cam pour que je puisse te voir.

— Allô, ici Shamoukh. Pas Siham.

— Ah. Bonjour, Shamoukh. Désolé, je croyais que c'était Siham. Comment ça va ?

— Très bien, mon chéri.

— Mon chéri ?

— Oui, mon chéri. Pourquoi es-tu surpris ?

— Pas surpris, mais...

— Mais quoi ? J'aime les hommes bien faits, comme toi.

— Quand m'as-tu vu ?

— Siham m'a indiqué ton compte Facebook, je suis allée voir ton profil. J'ai feuilleté tes photos, je te trouve très séduisant.

— Tu m'embarrasses !

— C'est bien normal, chéri. Mais ne sois pas embarrassé.

— Chéri ?

— J'appelle tout le monde ainsi, ça ne veut rien dire. Sauf qu'avec toi, je le pense vraiment.

— Merci...

— Tu sembles réticent.

— Réticent ? Non, pas du tout...

— Bon ! Que dirais-tu d'ouvrir la cam ?

— Laisse-moi d'abord te poser une question ?

— Bien sûr, vas-y.

— Siham est-elle près de toi ?

— Non, elle dort profondément.

— Ah, parfait.

— Pourquoi cette question ? Tu as peur d'elle ?

— Non, c'est de loyauté qu'il s'agit. Je ne te comprends pas, Shamoukh.

— Qu'est-ce que tu ne comprends pas, exactement ?

— Cette conversation. Elle est étrange. Tout ce que tu dis est bizarre. Une femme qui appelle un homme à 3 heures du matin et lui demande d'ouvrir la cam, que peut-elle vouloir ?

— En vérité, je pensais faire avec toi du SexPhone. Mais je vois que tu n'en veux pas.

Soudain, une voix hurle dans le bloc :

— Riyad ! Riyad !

C'est le signal d'un contrôle imminent. Comme les autres détenus, je cours cacher mon mobile sous le lit, dans un recoin secret.

Remue-ménage inouï dans le bloc. Chacun s'empresse de mettre en lieu sûr ses possessions illégales, autrement dit tout ce qu'il détient. L'officier Saoud ordonne au chef du bloc d'envoyer tout le monde au Solarium, hormis les chefs de section qui doivent rester chacun dans son dortoir. Mansour me demande de le remplacer.

Nous nous dirigeons en ordre vers le Solarium. L'escouade d'intervention se partage en groupes de dix militaires pour chaque dortoir. Les soldats se mettent à tout retourner et vérifier, tandis que je les observe, debout, au milieu de la salle. Tout en suivant des yeux la progression de la fouille, je prie Dieu de les empêcher de trouver mon mobile, répétant en moi-même le verset coranique : « Nous les avons couverts d'un voile, et voici qu'ils ne peuvent plus rien voir. »

L'officier Saoud entre dans notre dortoir et me demande :

— Es-tu le chef du dortoir ?

— Non. Je veux dire… oui.

— Comment ça, non et oui à la fois ?

— Pardon, monsieur l'officier, j'ai été troublé par le spectacle de tous ces militaires.

— Troublé ? Détiendrais-tu des choses interdites.

— Non, monsieur.

— Non ? C'est ce que nous allons voir.

— À vos ordres, monsieur l'officier. Nous sommes tous à vos ordres.

— J'ai l'impression de t'avoir déjà vu… Est-ce que je me trompe ?

— En effet, monsieur, j'ai eu l'honneur de vous rencontrer à la porte de la prison, le jour de mon arrivée.

— Aha !

Il se retourne vers un soldat :

— Fais venir les chiens.

Des chiens ? Est-ce possible ? Je crois d'abord à une plaisanterie, mais bientôt deux bergers allemands apparaissent. On les lâche, ils se mettent à renifler nos affaires et nos lits. La bave leur coule de la gueule.

L'officier sort de la chambre et se dirige vers le Solarium. Un soldat m'interpelle rudement :

— Je ne te le demanderai pas deux fois : où sont cachés les mobiles et les drogues ? Réponds, ou tu le regretteras !

Je hausse les épaules en signe d'ignorance. L'un d'eux s'approche de ma cache secrète. Je me remets à réciter le verset coranique. Il s'éloigne, revient, s'écarte de nouveau. Ma prière y est-elle pour quelque chose ?

Mais l'officier revient et se dirige tout droit vers mon lit. Il soulève le sommier et découvre l'appareil. Les mains pressées sur ma tête, je m'assieds sur le bord du lit sans un mot.

— À qui appartient ce téléphone ? hurle l'officier.

Je garde le silence et regarde ailleurs. Il s'approche et me colle l'appareil sous le nez :

— Je répète : à qui appartient ce téléphone ?

— C'est le mien, monsieur l'officier. Il m'appartient.

Je réfléchis à toute vitesse : qui a pu me dénoncer ?

L'officier me réclame le code d'accès, qu'il inscrit soigneusement dans un calepin. Il active le téléphone, parcourt quelques pages, puis l'éteint et le met dans sa poche. Sans doute confiera-t-il au bureau central le soin d'en examiner le contenu. Je ne devrais pas m'inquiéter, les films porno n'intéressent pas l'administration pénitentiaire. Elle s'inquiète plutôt des contacts qu'entretiennent les détenus avec l'extérieur. Le trafic de drogue est en ligne de mire, mais depuis quelque temps des informations fuitent sur les conditions de détention. Des photos et des vidéos ont commencé à être diffusées par la presse internationale, souvent par l'intermédiaire de parents de prisonniers, relayés par des associations de défense des droits de l'homme.

L'officier rassemble les soldats, mettant fin à la fouille, et me demande très calmement :

— Où t'es-tu procuré l'aimant pour fixer le téléphone au lit ?

Il part enfin, m'abandonnant à mes réflexions. Mon téléphone est un bien maigre trophée pour ce détachement de militaires mobilisés en peine nuit. Je me console à l'idée qu'il aura évité d'autres prises, plus sévèrement punies que l'usage d'un mobile pour s'épancher le cœur.

Je me répète que les pires moments de la prison sont les fouilles, les fouilles et toujours les fouilles…

5

Le chef du bloc m'ordonne de me présenter à la porte. Je sors et me trouve devant le gardien, qui me demande de vider mes poches. Il m'annonce qu'il va me placer en cellule individuelle pendant cinq jours.

— C'est la sanction pour possession d'un objet interdit en prison. Un téléphone, en ce qui te concerne.

Je secoue la tête, désemparé. Il ajoute :

— Je vais te lire le règlement des réclusions individuelles. Premièrement, tu ne peux rien emporter avec toi du bloc, ni tabac, ni vêtement, ni boisson, ni nourriture. Deuxièmement, tu ne dois frapper à la porte de la cellule sous aucun prétexte. Troisièmement, suis les instructions à la lettre, si tu veux éviter un allongement de peine.

Je ne réponds pas. Me reviennent en mémoire toutes les histoires que l'on m'a racontées au sujet de ces cellules, toutes plus effrayantes les unes que les autres. Quand bien même il y en avait de fantaisistes, on ne pouvait que s'en émouvoir.

Dès les premiers instants, ma cellule crasseuse me rappelle le cagibi du commissariat de Djeddah. Je serai donc un familier de ces réduits épouvantables, où règne un silence absolu.

Ma geôle se trouve dans le sous-sol de la prison, où se déroulent les exécutions capitales non publiques, les autres étant réservées à la place des Châtiments, près de la mosquée Jaffali, en présence de la foule. Rien n'y sépare les spectateurs du condamné à genoux, la nuque dégagée, prête à recevoir le sabre du bourreau dont la dextérité se mesure à sa capacité à trancher la tête d'un coup net, laquelle reste une fraction de seconde sur le tronc, avant que la pointe du sabre ne la fasse tomber. Je me demande si les exécuteurs de la prison ont le même souci de la précision et de la cérémonie.

Pour accéder aux cellules individuelles, il faut emprunter un escalier étroit aux marches glissantes. Mes gardes m'y poussent sans ménagement, je manque de tomber à deux reprises. De rares lampes au néon projettent leur lumière glauque sur le couloir. Nous nous arrêtons devant ma nouvelle résidence. Ce n'est pas une cellule, mais un cagibi si exigu que je me demande comment y entrer. Par les pieds ou par la tête ? Je dois replier mes jambes pour que l'un des gardiens parvienne à fermer la porte. Je n'ai même pas de place pour m'étendre en diagonale. Une puanteur infecte m'emplit les narines. Un simple trou, dans un coin de mon cagibi, fait office de latrines. Il s'en dégage une odeur pestilentielle.

À côté, trois autres cellules sont occupées par des prisonniers que j'ai à peine entrevus en passant. Je m'en réjouis : je ne serai pas seul dans ce maudit sous-sol. Je tente en vain d'engager la conversation avec mon voisin, dont je sens la présence sans le voir. J'essaie encore et encore, mais il reste silencieux.

— Bon… Que dirais-tu d'une chanson, cher compagnon d'infortune ? Je peux te fredonner un couplet de Rana Naara :

Hé, hé, mon geôlier ! Hé, hé, mon geôlier !
Si je n'avais pas laissé ma mère au loin,
je ne serais pas resté à la fenêtre de la cellule
pour chanter…
Les militaires se sont interposés entre toi et moi,
si je tarde, tu hausses les sourcils.
Au sein, tu m'as nourri de gloire
et la mort est plus douce que d'être humilié.

Mon voisin ne répond toujours pas. Sans doute la chanson lui a-t-elle déplu, ou bien n'aime-t-il pas du tout les chansons ! Je ne sais. Je me retourne dans ma « couche » sans parvenir à m'endormir. Le temps passe et je continue à me retourner, quand brusquement j'entends pleurer une femme. Je m'approche du fenestron, lentement et prudemment. La voix s'élève petit à petit. Ce sont des pleurs poignants, sans paroles. Seulement des pleurs. Pourquoi pleure-t-elle ? Qui est-elle ? Toute la nuit, je tente en vain de répondre à ces questions…

Le lendemain, je me réveille tôt, après une nuit épuisante, pleine du bourdonnement aigu des moustiques et de ces pleurs énigmatiques. Je me lève difficilement sur mes jambes et tourne en rond dans ma cellule. Je tente de nouveau d'engager le dialogue avec mon voisin, mais rien n'y fait.

Le militaire ouvre soudain la trappe, au milieu de la porte, qui sert à passer la nourriture.

— Prends ça, c'est ton déjeuner.

Irrité, je rétorque que la nourriture a refroidi dans cette assiette et que je ne peux pas l'avaler.

— Tant pis pour toi.

Je me sens déprimé. Je compte déjà les jours dans cette maudite cellule, cerné par un silence angoissant, tandis que la faim me tord le ventre. J'avale une pilule de Seroquel que m'a donnée Mansour pour m'aider à dormir, malgré ce que je sais des effets secondaires.

L'important pour moi, dans l'immédiat, est d'arrêter de faire travailler ma tête et de ne pas laisser la peur gagner mon cœur. Je voudrais tant dormir cinq jours d'affilée. Cette nuit, je me suis réveillé sans plus savoir combien de jours s'étaient écoulés. Deux ou un seul ? J'ai le tournis. Je n'arrive pas à soulever ma tête, devenue lourde sous l'effet du Seroquel, cette pilule antipsychotique utilisée contre la schizophrénie et la dépression.

Pour passer le temps, je m'efforce de déchiffrer les graffiti laissés sur les murs par de précédents pensionnaires :

LLL
Mam Mam
Madd Madd
Hitti
Messieurs, Messieurs
Hitti

Je lis et relis en essayant de comprendre. Dix fois que je les parcours, et brusquement tout chavire. Sans doute l'effet de la pilule. La secousse est-elle réelle, ou vient-elle de mon imagination ? Elle enfle rapidement. Je ferme à moitié les yeux, prends une longue respiration. Assis, dos contre le mur, j'enserre mes jambes de mes bras, contre ma poitrine. Ces mots indéchiffrables ont-ils un rapport avec ce que je ressens ?

Après avoir beaucoup hésité, je décide de les relire. Je les égrène lentement une dizaine de fois. Soudain, une lumière étincelante jaillit de l'extérieur et pénètre par le fenestron, envahit toute la cellule, captivant puissamment mon regard. Cet épisode fou se poursuit pendant plusieurs minutes, puis la lumière disparaît et laisse place à une femme, dans tous ses attraits. Elle porte des vêtements bizarres et affriolants, semblables à ceux d'une Française du Moyen Âge, comme on en voit dans les films.

Le soldat hurle :

— Suis-moi ! Ton temps de réclusion est achevé.

Je me lève en vitesse et sors. Passant devant la cellule voisine, je m'attarde pour scruter l'intérieur. Le soldat me demande :

— Que regardes-tu avec tant d'intérêt ?

— Je veux seulement voir le visage du prisonnier.

— Pourquoi ?

— Parce que depuis que je suis là, j'essaie d'engager la conversation avec lui, mais il ne me répond pas. J'ai fini par croire qu'il n'y avait personne.

— Ha ha ha ! Le prisonnier de cette cellule est sourd-muet !

Je ris en silence et me dirige vers mon bloc, le 11.

6

Pour réaliser son bonheur, peut-être faut-il agir au détriment des autres.

— Fadi, s'il te plaît, la migraine va m'exploser la tête !

— Je te l'ai déjà dit et je te le répète : le Shabu est cher. Si tu en veux, tu dois t'impliquer dans la contrebande.

— S'il te plaît, j'ai seulement besoin d'une gorgée pour oublier mes cinq jours de cellule individuelle.

— Désolé, mais je ne suis pas un organisme de bienfaisance.

— Très bien ! J'accepte de passer la drogue et de faire ce que tu me demandes. C'est à contrecœur, mais j'en ai absolument besoin.

Majed, qui a surpris notre conversation, me prend à part :

— J'aimerais te parler, Rachwan.

— Qu'y a-t-il ?

— Je t'ai entendu promettre à Fadi que tu passerais en la drogue fraude pour lui. Est-ce vrai ?

— Pas la drogue, à Dieu ne plaise ! Il n'était question que de téléphones.

— Rachwan, je te mets en garde contre Fadi. C'est un fourbe pervers. Il m'a trahi une fois, il fera de même avec toi. Il va te piéger, c'est sûr.

— Me piéger ?

— Oui, comme il m'a piégé. Je t'en dirai plus un jour. Sache seulement qu'il m'avait rendu accro au Captagon. À cette époque, le Shabu n'avait pas encore pénétré dans la prison. Ma situation matérielle était difficile ; je devais envoyer tous les mois de l'argent à ma famille. Après s'être assuré de mon accoutumance, il a brusquement cessé de m'en fournir, puis il m'a proposé de faire du trafic. J'ai accepté sans hésiter, d'autant qu'il m'avait promis une rétribution mensuelle me permettant de subvenir largement aux besoins de ma famille. Je me suis donc mis à son service en toute bonne foi ; il me remettait de grosses sommes en contrepartie. Il a été très généreux, je me dois de le reconnaître… Un jour, je suis parti comme d'habitude récupérer des cartes Sim au dispensaire. J'ai réceptionné l'enveloppe et suis revenu au bloc. En chemin, un associé de Fadi, nommé Ata, m'a remis pour Fadi une enveloppe contenant, m'a-t-il dit, des cartes Sim semblables à celles que j'avais déjà. Je l'ai fourrée dans ma poche, mais j'ai été surpris de voir qu'une fouille était en cours à l'entrée du bloc. Le soldat a porté la main à ma poche et en a sorti l'enveloppe. En l'ouvrant, il a découvert cinquante comprimés de Captagon… C'était un piège tendu par Fadi, avec la complicité de son ami.

— Et que s'est-il passé ?

— La section de lutte contre la drogue m'a arrêté et conduit chez l'officier Saoud, qui m'a soumis à un interrogatoire. Je lui ai tout raconté : je n'avais rien à voir avec l'enveloppe, il n'avait qu'à convoquer Ata pour s'en assurer. Ce dernier a nié toute implication. Je lui ai demandé de le jurer sur le Coran.

— Ne me dis pas qu'il l'a fait !

— Si, Rachwan ! Il a parjuré. Cet homme ne craint pas Dieu !

— Et l'officier l'a cru ?

— Oui, hélas. En conséquence de quoi, il m'a expédié dans le box de détention et a transmis l'affaire à la direction de la lutte contre la drogue.

— Oh, mon Dieu…

— On m'a finalement inculpé de contrebande de drogue dans l'enceinte de la prison. On m'a jugé et le tribunal m'a condamné à cinq ans de prison supplémentaires. Que Dieu punisse et Fadi et Ata, et qu'Il les prive de voir leurs enfants comme ils m'ont privé de voir les miens ! Dieu est tout-puissant et miséricordieux.

Le récit de Majed me secoue. Me serais-je donc mépris sur le compte de Fadi ? Après l'avoir entendu, je décide de m'abstenir désormais de tout trafic, y compris celui de téléphones mobiles.

Un silence, puis Majed reprend :

— Pourquoi ne t'associes-tu pas plutôt avec Râm, l'Indien ? Râm est le plus grand dealer de la prison.

— Râm ? Est-il ici, dans le même bloc ?

— Oui, dortoir numéro 1.

— Ah ! Je n'ai jamais entendu parler de lui.

— Râm, c'est toute une histoire !

— Laquelle ?

— Quand Râm est entré en prison, voici plusieurs années, il était d'une grande naïveté. Il n'arrivait même pas à gagner de quoi se payer son paquet de cigarettes quotidien. Il attendait que quelqu'un jette son mégot par terre pour le ramasser et le fumer. Il buvait l'eau du robinet. Puis il a connu l'abondance. Du jour au lendemain, Râm est devenu le plus grand trafiquant de drogue de la prison. Par la volonté de Dieu. Ce buveur d'eau du robinet ne boit plus que de l'eau d'Évian !

— Comment s'y est-il pris ?

— Ce que je sais, c'est qu'il a débuté comme homme de main de l'un des grands caïds de la prison. Il l'appelait « le Coréen » et celui-ci lui faisait toute confiance. Quand ce caïd est sorti de prison, il a légué son business à Râm, qui l'a fait prospérer jour après jour pour en faire ce qu'il est aujourd'hui. C'est ce que lui-même m'a raconté. Mais je sais que ça n'a pas dû être facile. Il y a une grosse concurrence dans le trafic de drogue et de mobiles, plusieurs gangs se disputent le marché. En réalité, leur suprématie ne dépend pas de leurs gros bras, mais du fournisseur extérieur. Que celui-ci alimente un circuit d'approvisionnements régulier et sûr et le gang aura le vent en poupe. Ce qui ne l'empêche pas de recourir à des moyens musclés si nécessaire : on parle beaucoup de liquidations physiques maquillées en accidents dans les douches et les toilettes. C'est fou comme les prisonniers ne savent pas se laver !

— J'ai toujours aimé les histoires où l'on grimpe au sommet en partant du bas. Il devrait en faire un roman !

— Propose-le-lui quand tu travailleras avec lui.

— Mais comment l'approcher ?

— Je l'ignore, mais laisse-moi y réfléchir. Auparavant, un conseil, ou plutôt une information : sois prudent dans tes rapports avec lui. Râm était quelqu'un de bien, jusqu'à la mort de sa femme et de leurs cinq filles dans un terrible accident de la circulation…

7

Quel matin désagréable ! Je suis réveillé par des pleurs et des lamentations, comme après un décès. Sans doute quelqu'un est mort, mais qui donc ? Je sors du dortoir et m'aperçois que les cris viennent d'en face. J'interroge un détenu :

— Que s'est-il passé ? Qui est mort ?

— La femme de Talal, dortoir 1.

Bien que je ne le connaisse pas, j'ai de la peine pour lui. Pour un prisonnier, la mort d'un proche est une épreuve encore plus douloureuse, car à son désespoir s'ajoute l'impuissance d'être loin des siens.

À l'intérieur du dortoir, une séance funèbre se prépare, orchestrée par quelques prisonniers. L'annonce en est faite à voix haute et distincte :

— Après le dîner aura lieu la veillée pour l'âme de l'épouse défunte de notre frère Talal Talee.

Après le dîner, je me rends donc dans l'oratoire pour présenter mes condoléances. J'entre dans la petite salle. Tous me dévisagent, d'un air surpris et réprobateur. C'est la première fois que je mets les pieds dans l'oratoire et ma présence ne semble pas appréciée. Sans me soucier des regards insistants, je me fraie un passage jusqu'au milieu de la salle, où Talal a pris place. Je le salue et lui murmure mes regrets sincères.

Je retourne à mon lit et rabats mon rideau. Je me remémore ma conversation avec Shamoukh. A-t-elle vraiment voulu engager avec moi une séance de SexPhone, ou bien était-ce un test de Siham ?

Je m'endors, l'esprit travaillé par l'obsession de me procurer une dose de Shabu. Au milieu de la nuit, je me réveille épouvanté : j'ai rêvé que Siham m'étranglait à mort. J'appelle Shamoukh.

— Que veux-tu ?

— Désolé de te déranger, Shamoukh. J'aurais voulu parler avec Siham, s'il te plaît.

— Siham est partie. Elle a été extradée aujourd'hui même vers le Yémen.

— Comment ça ?

— Tout ce que je sais, c'est qu'elle a bénéficié de l'amnistie du mois de ramadan. On l'a renvoyée dans son pays.

— Je suis effondré, Shamoukh...

— Ha ha ! Une de perdue, dix de retrouvées !

— Ça te fait rire ?

— Oui, je me moque de toi ! Tu joues à l'homme fidèle et loyal, alors qu'elle ne t'a même pas annoncé son expulsion. Elle le savait pourtant depuis quelque temps.

— Elle le savait ?

— Mon pauvre chéri ! Tu me fends le cœur. Terminé, oublie-la et cherches-en une autre !

— C'est aussi simple que ça ?

— Évidemment ! Celle qui t'oublie, oublie-la.

Un silence, interrompu par Shamoukh :

— Veux-tu que je te raconte mon histoire ?

— Je t'écoute. Parle.

— As-tu entendu parler dans les médias de l'échange des épouses ?

— Non, mais je crois comprendre de quoi il s'agit.

— Parfait ! Voilà. J'ai épousé quelqu'un que j'avais aimé bien avant le mariage. Une fois ensemble, j'ai découvert qu'il était accro aux récits porno sur Internet. Je ne m'en suis d'abord pas souciée. J'ai grandi dans un milieu très conservateur, mais après quelque temps, j'ai voulu savoir ce que mon mari lisait. C'était aux tout débuts d'un site devenu célèbre et baptisé Arab Nar, le « Feu arabe ». Une rubrique était consacrée aux épouses et aux lesbiennes. Au lycée, je m'étais moi-même passionnément livrée aux relations homosexuelles. J'ai fait défiler les histoires de ce site en secret, pendant mes heures de loisir. Une histoire m'a plu en particulier, celle d'une femme mariée qui entretenait des relations sexuelles avec une autre femme mariée, en présence de son mari. C'était très audacieux pour l'époque, mais aussi très excitant, au point que je me suis vue dans la peau de l'une des deux femmes. À la fin du récit, une adresse électronique était destinée aux commentaires et aux échanges. Je ne sais ce qui m'a pris de lui écrire, malgré le risque que le véritable auteur des courriels soit un homme cherchant à faire tomber les femmes dans ses filets, comme souvent. Je lui ai écrit que j'étais une femme libertine aimant les aventures étranges et nouvelles. J'avais bêtement oublié que mon numéro de téléphone figurait au bas de tous mes envois, sous la signature. Avant même d'avoir pu regretter l'expédition de mon stupide message, mon téléphone a sonné, affichant un numéro que je ne connaissais pas. J'ai hésité à répondre, mais le même numéro m'a appelée de nouveau. Je me suis résolue à décrocher… Une voix féminine et langoureuse m'a répondu. Elle s'est présentée et, dès ce premier échange, nous sommes convenues de nous rencontrer. Très vite, des liens se sont noués, si bien que, dès la première rencontre, j'ai fait l'amour avec elle et son mari. Après quoi, elle m'a proposé de pratiquer « l'échange des épouses ». Je n'ai exprimé aucune réserve, mais le problème était : comment le dire à mon mari ?

— Tu es folle, comment as-tu fait ?

— Suzanne et son mari devaient trouver un moyen de faire la connaissance de mon mari. Nous avons mis au point un plan et il est tombé dans le piège. Suzanne lui a demandé d'amener sa femme, c'est-à-dire moi, pour la mettre dans les bras de son mari.

— Vos manigances sont incroyables !

— Ha ! ha ! ha !

— Et ton mari, t'a-t-il parlé des manœuvres de Suzanne ?

— Oui, et même très vite. Il était sur la même longueur d'ondes que moi. Il était attiré par les expériences insolites et bizarres. Nous avons choisi un jour pour nous retrouver tous ensemble, mon mari et moi, Suzanne et son mari, à leur domicile. Une fois sur place, mon mari m'a livrée à l'époux de Suzanne et celui-ci a laissé Suzanne dans les bras de mon mari. Ensuite, les choses sont allées très vite. Les sessions à deux n'étaient qu'un prélude, car nous avons passé le reste de la nuit, tous les quatre ensemble, à pratiquer les jeux les plus effrénés dans l'immense chambre à coucher de nos amis. Les soirées que Suzanne organisait étaient à géométrie variable. Avec l'art consommé d'une matrone, elle composait la succession de ses invités sur les semaines à venir. C'étaient des combinaisons à quatre, cinq ou six. Hélas, les belles choses ne durent jamais. Un soir où nos deux couples se retrouvaient pour une soirée qui s'annonçait plutôt calme, lascive et voluptueuse, à peine avions-nous commencé à nous déshabiller qu'un boucan effroyable éclata. Des hommes en uniforme surgirent par la porte d'entrée et la véranda. La Brigade de la promotion de la vertu et de la répression du vice faisait brusquement irruption dans l'antre du stupre.

— Comment avaient-ils su ? Et d'ailleurs, sont-ils autorisés à franchir la porte d'une propriété privée ?

— Il suffit d'une dénonciation, ou tout simplement d'une maladresse. Suzanne a fort bien pu être repérée sur Internet !

— Mais des orgies, il n'y a que ça dans les demeures cossues ! On y fait même venir des mineures pour une nuit.

— Certes, mais les riches ont des relations haut placées, et nous n'en avions pas. Résultat : j'ai échoué dans cette prison et mon mari est au bloc 18, celui des pervers et des transgenres. Les coups les plus durs sont ceux qui te sont portés par les gens les plus proches.

8

Je sombre dans la dépression. Mansour me propose des Seroquel, surtout pour dormir. J'ai arrêté, depuis peu, de prendre du Shabu. Au milieu de mes divagations et de mes déceptions, une question me taraude avec insistance : qui est le père de l'embryon que Siham portait dans son ventre ? Est-il possible qu'elle m'ait trahi ? Je remue ces idées dans ma tête sans trouver de réponse.

Nous recevons un nouveau pensionnaire. Je suis chargé de l'accueillir dans notre chambre et de le présenter aux autres prisonniers, après lui avoir expliqué les règles du dortoir.

— Je m'appelle Rachwan, et toi ?

— Abel-Rahman. En prison, on m'appelle le Casseur.

— Ça veut dire que tu as déjà été en prison ?

— Oui, déjà une dizaine d'années, pour fraude et détournement. Il y a un mois, j'étais au bloc 20.

— Ah ! Enchanté.

— L'urgent pour moi est d'obtenir un ou deux grammes de Shabu. Y a-t-il quelqu'un qui en vend, ici ? J'en achèterai même au double du prix.

— J'admire ton entrain. Tu es ici depuis une heure et tu réclames des drogues avec un tel enthousiasme !

— C'est ce qu'il y a de plus important dans ma vie. Plus important que ma femme et mes enfants.

— Je te crois… Et pourquoi pas ? À chacun ses envies. Je vais t'en chercher. Attends-moi ici, dans mon lit.

Je me rends directement chez Râm et le prie de me vendre un gramme de Shabu pour le Casseur. Il envoie un de ses gars pour conclure avec moi la transaction. Pour me remercier, le Casseur m'autorise à prendre une bonne gorgée. Et cette gorgée suffit à m'envoyer par-dessus les nuages. Puis il se met à me raconter ses histoires de prison.

— On m'appelle « Celui qui répand le bonheur parmi les prisonniers. » Car je dissémine le bonheur parmi eux, Rachwan.

— Le bonheur ? Que veux-tu dire ?

— En prison, le bonheur est lié à la consommation de drogues. Moi, j'en distribue gratuitement à ceux qui n'ont pas les moyens d'en acheter.

— Intéressante philosophie…

9

Dans les petites communautés humaines, rien n'est pire que les racontars et les médisances.

Aujourd'hui, on me regarde de façon étrange, sans que je sache pourquoi. Mes compagnons de chambrée, mais aussi ceux du bloc. Quand deux prisonniers m'aperçoivent, ils se mettent à chuchoter en épiant mes mouvements. Il ne fait pas de doute que je suis l'objet de leur conciliabule. Je commence à m'en inquiéter et décide d'aller voir Mansour.

— Il se passe quelque chose de bizarre dans le bloc, Mansour. Je ne comprends pas.

— C'est bien que tu abordes ce sujet.

— Quel sujet ? Je n'ai encore rien dit…

— Une rumeur insistante s'est répandue dans tout le bloc. Tu aurais des relations sexuelles avec plus d'une personne. On ne parle plus que de ça.

— Allons bon ! Et tu crois ça, toi ?

— Écoute, Rachwan. En toute franchise… Pas de fumée sans feu, comme dit le proverbe ! Ne m'en veux pas, mais ton aspect, ta tenue, ta démarche et ton style font de toi une proie aux yeux de la plupart de nos camarades. Je t'ai déjà mis en garde à plusieurs reprises contre les mauvaises fréquentations. Tu ne m'as pas écouté, par conséquent prends tes responsabilités.

— Qu'est-ce que ça veut dire ?

— Ça veut dire que tu devras supporter toutes les conséquences de tes discours creux.

— Dois-je comprendre que tu ne me viendras pas en aide ?

— Je me contenterai de prier Dieu pour que les choses ne dégénèrent pas.

Ce disant, Mansour me signifie qu'il m'ôte la protection qu'il assure pourtant à tous les membres de la chambrée. Je suis désormais une proie sans défense.

Abdallah, l'imam de notre oratoire, membre de la Brigade des mœurs, a convoqué Mansour. Apparemment, cela a à voir avec moi. Mansour s'y rend en marmonnant :

— Que Dieu nous protège. Cet Abdallah n'aime personne et personne ne l'aime. Son rigorisme est extrême. Je me demande s'il s'aime seulement lui-même. Il ne rit jamais, ou bien par accident. Il déteste la poésie et les chansons. Pour lui, la vie n'est qu'une étape sur la voie éternelle du paradis de l'islam.

Majed arrive soudain en courant :

— Rachwan, tu es tombé dans un piège !

— Quel piège ? Que veux-tu dire, Majed ?

— Ils sont en train de comploter contre toi. J'ai entendu Abdallah émettre une fatwa ordonnant ton expulsion du dortoir.

— M'expulser d'ici ! Et où irais-je ?

— Si Mansour les approuve, et très probablement il le fera, tu dormiras dans le couloir. La coutume de la prison veut que celui qui a été chassé de son dortoir ne puisse trouver abri dans un autre dortoir sous un prétexte quelconque, sauf s'il y a un parent.

— Impossible que Mansour permette mon expulsion d'ici. Impossible !

— Je crains que tu ne lui fasses une confiance excessive.

— Mansour est un homme respectable.

— Je te l'accorde. Mais personne ne peut résister aux fatwas d'Abdallah, le délégué aux mœurs. Surtout que les grands du bloc sont du même avis, en particulier Qahta et Bassem. Je les ai vus et entendus soutenir la décision de t'expulser. Je subodore une coalition formée contre toi dans l'oratoire. Et je suis convaincu que Bassem lui-même est derrière tout cela.

— Bassem est impliqué ? Tu aurais dû me prévenir plus tôt !

— C'est ce que je te dis depuis le début ! Tu mets du temps à comprendre, Rachwan.

— Je crois aussi qu'Abdallah me déteste car je ne suis pas pratiquant. C'est une alliance entre Bassem et lui pour me livrer une guerre totale.

Mansour est de retour, le visage sombre. Il évite de me regarder dans les yeux. Il tire mes vêtements de sous le lit, me les mets dans les bras et dit :

— Que Dieu nous protège et te protège, Rachwan. Trouve-toi une autre place pour dormir.

Je sors sans manifester d'émotion. Hébété, j'avance jusqu'au milieu du couloir. Là, je m'assieds et j'observe alentour les détenus installés dans ce passage, qui dorment à même le sol. La souffrance se lit sur leur visage ; rien d'autre. Je prends enfin conscience de l'existence de véritables hiérarchies à l'intérieur de la prison. Il y a une classe de gens simples, des laissés-pour-compte, dont je fais maintenant partie. Et puis une autre, relativement aisée, qui loge dans les dortoirs et jouit de quelques avantages, certes modestes, mais bien réels eu égard au dénuement général. Dans le couloir, l'individu est livré à lui-même, sans base de repli ni protection. Aucune règle, de celles que m'a énumérées Mansour, ne vient policer les comportements et réfréner les instincts agressifs. Il suffit de heurter quelqu'un par inadvertance, de laisser son regard traîner, et c'est la bagarre. D'autant plus violente et acharnée que son motif est futile. Mansour m'avait mis en garde contre les forts qui ne sont pas toujours les plus forts, dans les gangs aussi. Ceux-ci dictent leurs lois et imposent leurs châtiments. Qui était-il, ce détenu pendu par les pieds, dont la chronique pénitentiaire continue de parler ? Au départ, à ce qu'on dit, une simple commande de Captagon non livrée…

On me dévisage avec une expression de pitié qui me perturbe encore plus. Je me souviens des vers d'une chanson :

Pourquoi les gens médisent-ils les uns des autres ?
Pourquoi passe-t-elle sa vie à jacasser ?

Le dénommé Qahta surgit près de moi :

— Viens, Rachwan, lève-toi. Considère mon dortoir comme le tien.

— Non merci, je vais dormir ici.

— Jamais je ne te laisserai dormir dans le couloir !

— Je ne veux embarrasser personne ni créer de problèmes !

— Ne crains rien, tu es sous ma protection, maintenant. Viens donc !

Je le suis, non sans réticence. Pourquoi, après avoir voté mon expulsion du dortoir de Mansour, vient-il me proposer de m'installer avec lui dans le sien ? Que se passe-t-il ? Qui est mon ennemi ? Qui est mon ami ?

Dans le dortoir, les lumières sont déjà éteintes et le calme règne. Tout le monde dort. Qahta me guide jusqu'au lit au-dessus du sien. Bassem se présente soudain, tandis que, sortis de nulle part, deux autres prisonniers se postent à l'entrée du dortoir. Bassem se précipite sur moi et me plaque violemment contre le lit. Il presse un objet pointu sur ma gorge, tandis que Qahta me bloque par-derrière. En un rien de temps, ils me dépouillent de mes habits, et Bassem entreprend de me pénétrer brutalement. Je ne parviens pas à le repousser et ressens une vive douleur. Ayant fini, Bassem me livre alors à Qahta, en me tenant fermement. Je m'efforce de m'ouvrir à lui, pensant réduire les déchirures de ma chair, mais Qahta me matraque de son membre avec une violence inouïe. Puis c'est au tour des autres hommes de la chambrée de me violer à tour de rôle. Ma piètre consolation aura été de les souiller de mon sang.

10

On l'appelle « le Penseur », tant ses propos paraissent profonds et raisonnables.

Nul ne connaît ses origines. Pour avoir bourlingué dans tout le Moyen-Orient, il a assimilé les accents et les dialectes les plus divers, si bien que le Palestinien croit voir en lui un Palestinien, l'Égyptien un Égyptien, l'Irakien un Irakien. En réalité, il aime à se réclamer de la terre entière, ce qui lui confère hauteur et prestige.

On m'avait parlé de lui, mais je n'avais jamais eu l'occasion de le rencontrer. Les résidents du couloir sont semblables aux débris d'un naufrage, ballotés par les vagues, flottant quelque temps côte à côte avant de se disperser au gré de la houle. Bref, ces résidents n'ont pas d'adresse fixe, on les croise par hasard ici ou là.

Pour rencontrer le Penseur, au lieu de s'enquérir de son coin favori, mieux vaut annoncer à la cantonade qu'on le cherche et la rumeur lui parviendra dans l'heure.

Suite aux épreuves que j'ai subies, l'échange avec lui m'est devenu précieux.

— Cher Penseur, Siham est revenue en Arabie comme elle était partie, sans que j'en sache rien.

— Qui te l'a raconté ?

— Sa codétenue, Shamoukh. J'étais effondré en l'écoutant, oui, effondré !

— Comment a-t-elle réussi à revenir si vite, malgré la guerre sanglante qui sévit entre le Yémen et l'Arabie saoudite ? C'est assurément une femme habile et audacieuse. Des dizaines de milliers de Yéménites ont fui les combats et se sont réfugiés ici, plutôt que de risquer la traversée de la mer Rouge. Mais je doute qu'elle ait rejoint les cohortes de réfugiés de guerre parqués dans la zone frontière, dont beaucoup ont bénéficié d'un décret de régularisation.

— Je n'en sais rien. Mais à coup sûr, celui qui l'a aidée à sortir de prison l'a aidée à entrer de nouveau en Arabie saoudite. Cette fille sait parvenir à ses fins avec une habileté hors du commun. Chaque être humain naît avec un grand potentiel d'intelligence, mais combien savent en user à bon escient ? En outre, Siham est instruite ; je ne la vois pas en domestique, comme la majorité des immigrées yéménites. Il est vrai qu'elles sont très demandées, depuis que des pays grands pourvoyeurs de main d'œuvre, comme l'Éthiopie, ont cessé d'envoyer leurs ressortissants à la suite de plaintes pour maltraitances et abus.

— Eh bien, cher Penseur, nous saurons bientôt l'usage qu'elle aura fait de ses trois principes : liberté, argent et sexe !

— Elle doit être exceptionnelle…

— Permets, cher Penseur, que je me confie à toi. Sais-tu que, pour la première fois de ma vie, je suis hanté par le suicide ? Oui, je voudrais me suicider, car je ne peux tout simplement pas vivre sans elle. En même temps, je n'admets pas ses trahisons. Que tout le monde me trompe, c'est trivial… mais pas elle ! Je ne puis le supporter.

— Et tu crois, cher Rachwan, que le suicide est la solution à tes problèmes et à tes échecs ? Comme dit la chanson : « La vie est belle, mais il nous faut la comprendre. » Ne laisse pas les forces négatives prendre possession de toi. Sois positif !

— Tu voudrais que je sois positif, cher Penseur ? Alors que je suis en pleine dépression ? Laisse-moi rire ! J'ai été incarcéré pour un acte qui n'est pas puni par le droit international, j'ai été violé dans mon enfance et de nouveau récemment, le premier amour de ma vie a échoué, la femme que j'aime me trahit quand je suis en prison… Toutes ces peines, et tu voudrais que je reste positif ! Les beaux moments de la vie passent vite, à la différence des moments douloureux qui se prolongent et se perpétuent.

— Allons, viens… Je te ramène à ton dortoir d'origine, chez Mansour.

11

Mansour a accepté l'intercession du Penseur. Je reprends possession de mon ancien lit, m'efforçant d'oublier ce que Bassem et Qahta m'ont fait subir. Mais peut-on oublier les relents de la douleur ?

Je me couvre la tête de ma couette en lambeaux. J'essaie de tout évacuer et de dormir. Je me réveille la mémoire vide. Tout oublier, même les beaux souvenirs. Qui a dit que l'homme pouvait tout oublier ?

Je sélectionne mes souvenirs un à un. Tout, même les souvenirs douloureux de ma vie, je les conserve afin de me construire une mémoire à ma convenance.

Quelques jours plus tard, je me rends à l'endroit où l'on distribue la nourriture pour le bloc. Un vieux ventilateur est fixé au plafond. Je noue ensemble des pièces de pantalon pour fabriquer une corde que j'attache au milieu du ventilateur. À cette heure tardive de la nuit, il n'y a personne. Je grimpe sur la desserte, enroule la corde improvisée autour de mon cou en la serrant très fort. Je me prépare à la mort.

Ai-je prononcé le mot « mort » ? Ce mot seul me galvanise. Qu'advient-il de nous après la mort ? J'avance d'un pas, puis je recule. Les questions se bousculent dans ma tête. Dois-je mourir ? Et pourquoi ? Mes souffrances et mes douleurs cesseront-elles si mes pieds glissent ? Y a-t-il de la douleur au ciel ?

Je reprends brusquement conscience en sentant le Penseur défaire la corde de mon cou. Je bascule sur lui de tout mon poids et nous heurtons ensemble le sol. Je l'étreins et me mets à sangloter. Ce sont des pleurs hystériques.

— Je suis vivant, je suis toujours vivant !

Le Penseur tente de me calmer. Il me tend un verre d'eau tiède.

— Rien ne justifie ce que tu viens de faire, Rachwan.

— Siham le justifie. Crois-moi, elle le mérite.

— Calme-toi et finis ton verre.

— Pourquoi m'as-tu sauvé ? J'étais sur le point d'en finir avec mes souffrances. J'allais en finir une fois pour toutes.

— C'est le destin qui m'a guidé vers toi, Rachwan. Tu étais tout près de la mort. Quelle folie ! C'est insensé !

— Veux-tu savoir dans quel état d'esprit je suis ? Je veux mourir et je ne veux pas mourir, pas de cette manière. Je suis dans l'entre-deux. Ne m'en demande pas plus !

— C'est formidable que tu puisses expliquer ce que tu ressens. La plupart des gens ne trouvent pas de mots pour l'exprimer

— Le problème, c'est que je ne sais même pas ce que je ressens au juste.

— Écoute, Rachwan… Pourquoi ne t'engagerais-tu pas dans une activité de bienfaisance au profit des détenus ?

— Et de quoi s'agit-il, monsieur le Penseur ?

— Tu pourrais t'occuper des malades psychotiques du bloc.

— Moi ? M'occuper des fous ?

— Non, on ne peut les qualifier de fous. Ce sont des malades qui souffrent de problèmes psychologiques dus à divers facteurs, voilà tout.

— Je veux bien ! Mais comment faire ?

— Tu pourrais leur être d'un grand secours, cher Rachwan. En les aidant à se laver, par exemple. À rester propre. Il te suffirait de leur tendre la main. Tu réussiras. Tu t'en sentiras mieux.

— Quelle idée folle de prendre soin des fous ! Pardon, je voulais dire des malades mentaux…

Le Penseur sourit.

12

Dès le lendemain, j'entreprends de mettre son idée à exécution et me rends dans le coin le plus éloigné du couloir. Onze malades y sont parqués. Je décide de commencer par les moins violents en apparence. Un malade accepte de m'accompagner sans résistance. Je le conduis aux douches, le déshabille et l'asperge, après avoir rempli le bassin d'eau froide. Je lui frotte la tête et le corps au savon, alors qu'il est couvert de croûtes. Des prisonniers s'approchent, étonnés de me voir agir ainsi. Le malade lui-même m'observe avec surprise, l'air de dire : « Mais que fais-tu, espèce de fou ? »

Je continue sans prêter attention à ceux qui m'épient. Peu m'importent leurs regards : je fais une bonne action. L'essentiel, c'est la manière dont je me vois et me juge.

Au bout de quelques heures, épuisé d'avoir lavé onze malades, je fais appel à quelques prisonniers pour leur fournir des vêtements propres. Puis, envahi par la fatigue, je retourne à mon lit et sombre dans le sommeil.

Je me réveille à la prière de l'aube.

— La prière est meilleure que le sommeil… La prière est meilleure que le sommeil…

En quelques secondes, le dortoir et le couloir du bloc se remplissent d'un grand nombre d'officiers et de soldats. Je bondis hors du lit en entendant les matraques électriques et me retrouve sans réfléchir au milieu de la pièce. Mes codétenus semblent ignorer ce qui se passe. Serait-ce une fouille ?

— Je crois que c'est la Brigade du châtiment, dit Mansour.

— Quel châtiment ?

— Il existe des sections policières particulières dont la mission consiste à se saisir d'un condamné en vue d'exécuter une sentence. Ils déboulent en force pour parer aux troubles éventuels, qu'ils soient causés par le prisonnier ou par ses amis, au moment de son extraction du bloc. C'est un spectacle impressionnant.

Je suis de nouveau abattu en voyant la brigade se saisir en effet d'un prisonnier. Je ne le connais pourtant pas et n'ai jamais conversé avec lui. Mais le fait est que je m'enfonce dans un cycle dépressif qui me condamne à toujours plus de douleur et d'égarement.

Majed vient me convaincre d'aller consulter Adam, le magicien soudanais, incarcéré pour magie et sorcellerie et condamné à la prison à vie.

— Salut, Adam. Je te présente mon ami Rachwan, un frère très cher, de Syrie. Il a besoin de ton aide.

— Aha ! C'est celui qui a des tas de problèmes dans le bloc ?

— Adam, je ne suis pas de ceux qui créent des problèmes. Je suis quelqu'un de pacifique. Mais le sort s'acharne sur moi.

— Cher Adam, intervient Majed. Nous sommes ici pour implorer ton aide, pas pour parler de ce qui est arrivé à Rachwan.

— Comment puis-je vous aider ?

— Nous voulons créer un voile autour de Rachwan, afin qu'il attire le bon sort. Ce garçon est funeste au plein sens du mot.

J'ajoute aussitôt :

— Oui, je vous en prie, Adam. Je voudrais un voile qui attire le bonheur.

— Ce n'est pas aussi facile que vous croyez, répond-il. Je dois d'abord lire ton destin dans les coquillages. Après quoi, je pourrai déterminer avec toi la possibilité ou non d'établir le voile.

— Adam, nous attendons tes instructions, dit Majed.

— Rachwan, quel est le nom de ta mère ?

— Najwa, elle s'appelle Najwa.

— Le premier nom suffit. Je vais t'indiquer des étapes que tu suivras cette nuit méticuleusement.

— Je ferai ce que tu me dis, Adam. Quelles sont-elles ?

— Tu dormiras cette nuit sans vêtements. Tu dois être entièrement nu et te donner du plaisir. L'important, Rachwan, est que tu emportes avec toi ces versets et que tu les répètes dix fois, après avoir fait ce que je t'ai demandé. Oh ! j'oublie une chose : en te caressant, imagine la femme que tu aimes. Imagine que tu fais l'amour avec elle.

— J'ai compris. Je suivrai à la lettre tes instructions. Merci mille fois.

Caché derrière le rideau du lit, la feuille de prières à proximité, je me débarrasse de mes habits et me saisis du téléphone que Majed m'a prêté. Sur Twitter, je recherche un vieux compte avec des photos de Siham et moi, cet @S&R que nous utilisions pour partager nos photos intimes, sans dévoiler nos visages, bien sûr, de peur d'être reconnus et dénoncés. D'ailleurs, la plupart des Arabes s'échangent leurs photos en se cachant derrière des pseudos et des visages masqués. Siham et moi avons fait la connaissance de bon nombre d'usagers arabes par ce moyen.

Je passe en revue les photos une à une. Chacune d'elles évoque quantité de souvenirs et d'instants merveilleux. Je m'arrête sur un selfie de Siham, devant son miroir. Je me remémore tous les instants fous passés avec elle et me revois bientôt l'embrasser comme je le faisais. Je me caresse et parviens, quoique difficilement, à jouir. J'ouvre ensuite la feuille de prières et je lis :

Viens, toi qui détiens dans les mains la puissance. Voici donc, je suis le Puissant obstiné et vengeur. Le sang noir est maléfique. Tout homme coloré et puissant est mauvais. Je suis le roi des royaumes d'en bas. Tu ne mourras pas, tu ne t'élèveras pas.

Descends au niveau inférieur, car tu fais partie des maudits et des exclus. Au nom d'al-Lât, de Houbal, du grand*

* Al-Lât et Houbal, divinités préislamiques. D'où le sacrilège de l'incantation.

Pharaon et de tous les dieux grecs, nous jurons et nous croyons qu'il n'y a de dieu que Houbal, Houbal et Houbal.

Je relis le texte dix fois, puis m'endors sur le dos. Soudain, Adam surgit et me réveille en plein sommeil.

— Mets vite tes habits et suis-moi dans mon dortoir. Tout de suite !

Je m'habille et, sans prendre le temps de me laver le visage, je lui emboîte le pas.

— Apparemment, tu traînes des maux innombrables derrière toi.

— Mon Dieu ! Raconte-moi, s'il te plaît... Qu'as-tu vu ?

— Tout d'abord et avant toute chose, qui est Siham ?

— Ma chérie. Elle m'a quitté il y a peu. Mais comment as-tu su son nom ?

— Cette femme est le point noir de ta vie. Le coquillage m'a révélé qu'elle a jeté sur toi un sort très puissant, de la magie noire. Elle l'a fait avec le sang de sa menstruation, auprès du magicien le plus grand et le plus puissant du Yémen, qui l'a injecté dans le ventre d'un âne boiteux errant dans l'une des vallées yéménites appelée la vallée des Djinns. L'ensorcellement est très puissant, c'est pourquoi je ne parviens pas à le défaire. Je m'en excuse auprès de toi et de Majed.

— S'il te plaît, Adam, aide-moi ! Je ferai à la lettre ce que tu me demandes.

— Laisse-moi te dire une chose que le coquillage m'a apprise par hasard. Cette femme a été enceinte. Est-ce vrai ?

— Oui, c'est d'ailleurs à cause de cela que nous avons été incarcérés, elle et moi.

— D’accord, mais ce que tu ignores, Rachwan, c’est qu’elle était enceinte d’un autre que toi.

— Impossible, impossible ! Que racontes-tu là ? Sais-tu ce que cela veut dire ? Impossible ! Tu es un menteur et un fourbe.

— Tu t’emportes, mon enfant ! Prends garde à la malédiction qui vient de la dénonciation des puissants. Néanmoins, je ne te blâme pas car tu subis là un grand choc.

— Est-ce à dire que j’aurais gâché mon avenir et que je paierais pour les œuvres d’un autre ? Comment m’a-t-elle trompé tout ce temps ? Dis-moi seulement comment car je suis abasourdi !

— J’ai décidé de t’aider à neutraliser sa magie. Si tu veux, je peux transformer son visage en celui d’une guenon.

— Qui va compenser le temps perdu et les rêves que j’avais bâtis ? Et mon incarcération ? Même si je la tuais de mes mains, je ne serais pas quitte ! Quelle vilénie ! Quelle déchéance ! Tout ce qui était beau entre nous est maintenant parti en pure perte.

— À quoi bon ces considérations ? Oublie tout ça ! Écoute. Je vais commencer par annuler la magie qui pèse sur toi, puis je ferai en sorte que cette femme erre comme une folle dans tous les pays du monde pour te trouver. Elle échouera et continuera à chercher et chercher encore sans parvenir jusqu’à toi.

— Je suivrai tes instructions.

— Je te demande de dormir nu cette nuit. Ne garde que ton caleçon et imagine que tu as une relation avec un homme.

— Les relations entre hommes me répugnent.

— Je te demande seulement d'imaginer ! Ne pose pas tant de questions et cesse d'objecter. Ce sont les exigences des grands, tu dois t'y soumettre afin d'annihiler la magie de façon définitive.

— J'ai compris. Termine, s'il te plaît.

— Ensuite, tu liras les mêmes versets et tu les compléteras par celui-ci : « Qui vaut le mieux ? L'homme qui bâtit sur la fidélité et le gré de Dieu ou l'homme qui bâtit sur une rive rongée dont l'écroulement l'entraîne dans le feu de la géhenne, car Dieu ne guide pas les coupables. » Après quoi, dors sur ton ventre et prie dans ton cœur que Siham décède. Ne révèle pas ton vœu, contente-toi de l'évoquer dans ton cœur.

Je m'en retourne au lit exécuter à la lettre les recommandations d'Adam. Je me munis de nouveau du téléphone de Majed, mais je peine à trouver une vidéo capable d'enflammer mes sens en m'imaginant dans les bras d'un homme. Il m'est difficile d'oublier les bêtes humaines qui se sont acharnées sur moi. Je ne nie pas avoir réfléchi sérieusement à la suggestion de Siham d'entretenir une relation avec un homme. Je ne nie pas non plus mon trouble quand Bassem et ses compagnons m'ont humilié.

Mon regard tombe sur une séquence où deux hommes échangent des baisers enflammés. Mais je ne parviens pas à effacer Siham de mon souvenir, en dépit des mises en garde d'Adam qui voudrait que je ne pense à elle qu'en mal. Mon cœur ne peut la condamner, malgré la laideur de ses actes et les souffrances qu'elle m'a causées et continue de me causer. Combien plus terrible doit être ce que j'ignore encore de ses agissements !

Puis je m'endors, ayant exécuté toutes les recommandations d'Adam.

Le lendemain, je me réveille tôt et me lève tout guilleret pour me rendre au dortoir d'Adam. Il y règne une atmosphère bizarrement agitée. Je me faufile à travers l'attroupement qui obstrue la porte et demande à l'un des détenus pourquoi ils sont réunis ainsi.

— Adam a disparu. Il a dessiné au cours de la nuit ce bateau que tu vois là, sur le mur, puis il a fait ses adieux à tous les résidents du dortoir en disant qu'il partait sur ce bateau. Tout le monde s'est moqué de lui, mais lorsque nous nous sommes réveillés, nous ne l'avons pas trouvé. Comme si un bloc de sel avait fondu ou s'était évaporé !

C'est absurde ! Mon Dieu, il y a vraiment de quoi perdre la raison. Que ferai-je, maintenant qu'Adam a disparu ? Qui donc mettra fin aux maléfices de Siham ?

Safi

1

C'est Siham qui m'a initié à la fréquentation des soirées particulières de Durrat al-Arous et d'autres villas du front de mer. Situés à une quarantaine de kilomètres de Djeddah, les chalets et les hôtels recevaient le soir une faune particulière que les sports nautiques n'attiraient pas spécialement. Très vite, nous sommes devenus un couple « branché », célèbre dans toutes les fêtes effrénées auxquelles je ne manquais jamais de participer le week-end, après autorisation de mon garant. Khaled lui-même m'y accompagnait parfois.

Un jour, Siham m'appelle :

— Rachwan, mon chéri, il y a une fête ce soir à Durrat al-Arous. Si on y allait ?

— Pourquoi pas. On va s'amuser ! Comment t'habilleras-tu ?

— Que penses-tu de la *hot dress* dorée émaillée de peau de tigre ? Je l'ai portée pour toi le jour de ton dernier anniversaire.

— Oui, je m'en souviens. Cette robe a été à l'origine d'une grosse dispute entre nous. Les mecs ne te lâchaient pas du regard et les autres filles étaient furieuses. S'il te plaît, ne la porte pas ce soir.

— *Please, baby*, je veux rendre jalouse cette vieille peau de Hanadi !

— Faut-il vraiment parader devant tout le monde ? Je déteste quand les hommes te jettent des regards concupiscents. Tous ceux qui te voient dans cet accoutrement te prennent pour une pute, ça va finir par un esclandre. Tu es la première à savoir comment cette société considère une femme libre comme toi.

— Mon chéri… Une fois la soirée bien avancée, personne ne se préoccupe plus des autres. Les couples se cherchent un coin tranquille pour se livrer à l'amour sous toutes ses formes. À ce moment-là, tout est possible. Avec mes vêtements, je fais figure de personne pudique.

La soirée débute par une danse à laquelle participent toutes les invitées, dont ma Siham qui chante un morceau de la Yéménite Balqis. Chaque fois que sa voix monte, les autres femmes lèvent les mains en l'air et secouent leur derrière en rythme. Siham se tient au milieu. Elle danse, danse, danse, et l'animateur demande aux filles de s'écarter pour la laisser occuper seule tout l'espace. Assis, les hommes tapent dans leurs mains en cadence et je me joins à eux. Quelques-uns brandissent très haut leur smartphone pour capter les mouvements de la fille ensorceleuse et douée qui les émoustille. Je me lève pour arracher à l'un d'eux un *shemagh*, voile que je place sur le visage de Siham. Un autre en passe un autour de sa taille, tandis qu'elle danse au rythme d'une chanson égyptienne : « Fais-nous tourner, ô Terre... »

Siham dit exceller dans la danse égyptienne depuis l'enfance. Je sens l'angoisse me gagner à mesure que sa performance suscite l'admiration générale. Brusquement, je l'attire à moi hors du cercle. D'un coup, l'enchantement est rompu. La stupéfaction et la réprobation sont unanimes. Je lui chuchote à l'oreille :

— Passons la soirée sans incident et ne me quitte plus jusqu'à la fin.

Les invités se désintéressent de nous très vite, et la fête continue. Plus tard, je heurte une femme en entrant dans les toilettes les plus proches, dans un coin reculé de la grande salle. Elle tombe et m'entraîne dans sa chute. Comme elle se dégage et se relève lentement, je la reconnais.

— Madame Safi ? Incroyable ! Je ne vous savais pas ici. M. Khaled est sans doute avec vous ? Permettez que j'aille le saluer.

— Non, Rachwan, n'y va pas ! Allons dans un coin, j'aimerais te parler.

— Bien sûr, madame. Comme vous voudrez.

Je ne suis ni inquiet ni surpris par sa demande. Je la suis le long d'un couloir, jusqu'à une pièce située à l'opposé de la salle des fêtes. Je marche derrière elle, les yeux fixés au sol. Elle me jette des regards anxieux, sans dire un mot. Du regard, elle me signifie de m'assoir sur le canapé. Elle ferme la porte et vient se placer devant moi. Elle se rapproche au point de me toucher. Mon visage se trouve maintenant au niveau de sa poitrine. Gêné, je ne parviens pas à relever la tête.

Elle croise les mains, me lance un regard ferme et acéré.

— Écoute bien ce que je vais te dire, Rachwan. Je suis certaine que tu comprendras.

— Rien de grave, j'espère ? J'ignore ce qui se passe et pourquoi vous me parlez ainsi.

— Je vais t'expliquer. Entre Khaled et moi, il y a de gros différends. Je ne peux pas t'en dire davantage, mais…

— Excusez-moi, mais vos conflits ne me concernent assurément pas.

— En deux mots, je suis ici à l'insu de Khaled. Il ne sait pas que je me rends à de pareilles fêtes.

— Madame Safi, je n'ai rien à voir avec tout cela. Je comprends que vous voudriez que je ne dise rien à M. Khaled. Je peux vous assurer de mon silence. Je vous en fais la promesse.

— C'est bien là que je voulais en venir.

— À propos, qu'est-ce qui vous a amenée ici ? C'est le dernier lieu où je me serais attendu à vous voir. Sincèrement, je…

Je balbutie et ravale ma salive en humectant mes lèvres. Elle pose gentiment ses mains sur mes épaules et vient s'assoir tout contre moi, sur le canapé.

— Eh, détends-toi ! Il n'y a aucune raison de te troubler, Rachwan. Respire profondément et considère-moi comme ton amie, ou comme une amie dont tu viendrais de faire la connaissance. À moins que je ne te déplaise ?

— Non, pas du tout. Vous êtes une grande dame. Mais…

— Mais quoi ? Traite-moi comme une amie et cesse de me parler avec affectation.

— C'est un grand honneur pour moi, madame.

— Appelle-moi Safi, simplement. D'accord ?

— Entendu, Safi.

Elle me fait un grand sourire, puis attire ma tête vers la courbe si séduisante de son cou. Mes lèvres se plaquent machinalement sous son oreille, descendent vers sa nuque. Sans pouvoir me contrôler, je me mets à l'embrasser goulûment, tandis qu'elle se jette sur moi de tout son poids, comme enflammée, en gémissant :

— Aaah ! Oooh ! Embrasse-moi, Rachwan !

Soudain, la porte s'ouvre. Dans l'embrasure, j'aperçois une amie de Siham. Elle paraît choquée par le spectacle que nous offrons et s'enfuit. Sûr qu'elle va alerter Siham et lui rapporter ce qu'elle a vu ! Je m'élance à sa poursuite, mais Siham et son amie sont introuvables. Le majordome que je questionne m'apprend qu'il a vu Siham se diriger vers la sortie aux bras d'un jeune homme.

Il ne me reste qu'à revenir sur mes pas. Safi m'attend, une expression d'immense colère dans les yeux.

— Amène vite la voiture. Je veux quitter cet endroit.

— Tout de suite !

Avant d'arriver à la maison, Safi brise le silence pesant qui s'est installé entre nous.

— Écoute. Nous sommes bien d'accord : nous ne nous sommes pas rencontrés à cette fête. Si Khaled te demande comment tu m'as récupérée, tu diras que tu es venu me chercher chez mon amie Oum Ahmad.

Je hoche la tête. Pendant le reste du trajet, je jette encore des regards furtifs dans le rétroviseur. Quelle femme séduisante ! J'envie Khaled. Safi a réveillé en moi les ressources les plus secrètes de ma virilité. Je suis sur le point de commettre la bêtise de la séduire…

Elle descend de voiture en titubant sur ses hauts talons, sous l'effet de l'alcool. Khaled lui ouvre la porte, elle se jette dans ses bras. La porte se referme. Je regagne ma petite chambre, à l'arrière de la maison. Siham m'envoie un SMS : « Tu es le caniche des grandes dames. Va en enfer. Je suis maintenant dans les bras d'un homme plus viril que toi. » Auparavant, ce type de message provocateur m'aurait rendu furieux. Pas cette fois. Je laisse courir. Je me mets à ma gymnastique et aux exercices abdominaux que j'effectue tous les soirs avant de dormir. Vieille habitude que j'ai conservée, pour l'équilibre du corps et l'entretien des muscles.

2

Sciemment, Safi demande régulièrement à Khaled que je l'accompagne lors de ses sorties, plutôt que le second chauffeur qu'elle mobilise d'habitude. La raison avancée est que, ce dernier étant indonésien, il ne peut régler les multiples problèmes auxquels elle se trouve confrontée dans la journée, du fait qu'il ne parle pas l'arabe. Khaled n'y a pas objecté, bien que j'aie été engagé au départ comme chauffeur et accompagnateur à son service personnel. C'est ainsi que nous sommes devenus très vite des compagnons de soirée, voire des complices. J'avoue avoir ressenti de la joie quand il m'a confié la tâche d'accompagner sa femme, mais en même temps quelque crainte des intentions secrètes de celle-ci.

Après quelques jours et quelques sorties, Safi a pris l'habitude de me demander, une fois loin de la maison, de stopper la voiture afin de prendre place à l'avant, près de moi. Voilà comment nous sommes devenus amis, du moins est-ce ainsi que je vois les choses.

De manière étonnante, notre relation a très vite évolué. Safi en est venue à occuper tout mon esprit, effaçant de mon souvenir les images que je garde de mes précédentes conquêtes. Jour après jour, je me sens plus attaché à elle, sans que Khaled en conçoive des soupçons. J'envie sa capacité à gérer en même temps deux hommes dans son cœur et sa tête, sans que l'un ou l'autre sente qu'elle ne lui appartient pas exclusivement. Elle me dit qu'elle aime son mari et qu'elle m'aime aussi. Quand elle est dans mes bras, elle oublie tout, même le nom de Khaled, et inversement. Elle a le don incroyable de jouer tout en paraissant sérieuse et convaincante. Toujours en représentation et néanmoins sincère. Avec elle-même, avec moi et avec Khaled.

Les jours s'écoulent, beaux et heureux. J'attends avec impatience les départs de Khaled pour l'étranger, afin de me retrouver plus longtemps seul avec Safi, voire de dormir avec elle. Tout nous est favorable. Ses deux enfants sont encore trop jeunes pour comprendre. Et Safi entretient une excellente relation avec les trois filles qui sont à son service. Sa grande générosité est pour beaucoup dans leur discrétion et nous ne craignons pas de nous livrer devant elles à des gestes intimes.

Elles s'occupent des enfants et je m'applique à la satisfaire par tous les moyens. Mais je commence à me sentir jaloux de Khaled. Comment en suis-je arrivé là ? Ce dont je suis certain, c'est que je suis devenu maladivement jaloux. Ce qui ne manque pas de faire réagir Safi :

— Mon mari et ma maison sont la ligne rouge que je ne tolère pas qu'on franchisse.

Elle a été franche avec moi depuis le début. Le problème vient de moi. Il m'incombe de supporter son refus et de m'accommoder de ses exigences. Je m'en tiens à cette règle, afin de ne pas la perdre et de ne pas me laisser aller à des rêves impossibles.

Une année passe, aussi régulière que nos étreintes. Un jour, Safi m'appelle avec insistance sur mon téléphone.

— Rachwan, vite ! Où es-tu ?

— Dans ma chambre. Ça va ?

— Rien de bon aujourd'hui. Je viendrai te voir quand Khaled sera parti. Ne bouge pas !

Je reste sur place, tremblant et suant à grosses gouttes. Khaled a-t-il découvert notre relation ? Je bous d'impatience.

Une heure passe, longue comme un siècle. Safi frappe de petits coups à la porte. Elle entre en jetant un regard derrière elle.

— Catastrophe, Rachwan. Une catastrophe m'est tombée sur la tête !

— Une catastrophe ?

— Oui… Je suis enceinte.

— Enceinte ? Je t'en supplie, ne dis pas ça !

— Depuis notre deuxième enfant, Khaled fait très attention… Et maintenant, comment faire pour nous débarrasser du fœtus ? Quel malheur ! Khaled me tuera s'il l'apprend.

— Je ne comprends pas : qui est le père, Safi ? Si ce n'est pas Khaled, ce n'est pas moi non plus. J'ai toujours été prudent. De toute façon, tu n'as jamais accepté que je souille ton corps. Te souviens-tu de la première fois où tu t'es déshabillée devant moi ? Tu m'avais demandé de te masser le dos. Tu as insisté pour t'étendre par terre, dans le salon. Je t'ai massé le dos et le sillon des seins. Et quand j'ai joui sur tes reins, tu m'as repoussé violemment et tu m'as giflé pour signifier ton dégoût.

— Je n'ai pas dit que tu étais cause de la grossesse. Je viens te demander de l'aide.

— Tu es donc enceinte d'un troisième homme, qui n'est ni Khaled ni moi !

— Ça ne te regarde pas.

— Comment, ça ne me regarde pas ? Je croyais que nous nous aimions !

— Mon chéri ! Tu as mal compris. Pour moi, tu es un ami, rien de plus. Je ne t'ai jamais menti. C'est vrai ! Nous sommes amis et nous ne franchissons pas certaines lignes rouges. Ça ne signifie nullement que tu es mon amoureux, ni que je t'aime.

Elle sort, toute la tristesse du monde sur les épaules. Quant à moi, je reste cloué sur place, perdu, sans savoir que faire.

Khaled

1

J'éprouve une formidable envie d'écrire, sans savoir pour autant ce que j'aimerais et devrais rédiger. Tout ce que je sais présentement, c'est que j'ai besoin d'un cahier et d'un crayon.

À vingt ans, j'avais des ambitions littéraires. Elles se sont estompées avec le temps. Dans ma ville natale, j'ai longtemps fréquenté les cercles littéraires et poétiques qui résonnaient des débats et des polémiques opposant les intellectuels de Damas, de Beyrouth et du Caire. Internet est venu offrir un nouvel espace d'expression aux auteurs consacrés, aussi bien qu'aux écrivains en herbe. Je m'étais essayé à la poésie allégorique, qui trompe plus facilement la vigilance de la censure. Sans grand succès. Mon talent n'était pas à la hauteur de mes aspirations.

Aujourd'hui, l'idée s'est imposée à moi d'écrire mes mémoires. Mais quel idiot se fatiguerait à les lire ?

Je me rends chez le Penseur pour lui emprunter un cahier et un stylo bleu. Je retourne m'isoler dans mon lit et me prépare à entamer la première page de mon récit. Mais le cahier n'est pas vierge, s'y trouve déjà une lettre rédigée par le Penseur, ainsi libellée : « Lettre ouverte à mon amie Ilham. » Je ne résiste pas à l'envie de la lire.

Chère amie,

Toi dont la main n'a jamais serré la mienne et qui es cependant mon amie.

Te rappelles-tu comment le sort t'a poussée vers moi ? Toi seule as mis toute ton énergie à me soutenir. Toi seule, Dame de la terre, ma Dame ! Maîtresse de la terre, ta terre. Toi seule as cru en moi, sans m'avoir fréquenté ni connu.

Chère Maîtresse de la vie, prends garde, ma mort est ta mort. Tu es devenue la plus proche de ma famille et de moi.

Chère amie, j'éprouve le besoin de lire mon histoire et la tienne à tous ceux qui ont aimé ma pensée et la tienne. Tu es la femme qui s'est dressée, agitant la main devant mes invités. Tu es celle qui m'a dédié un poème, et dont le poème est seul à avoir perduré. Chère Dame, tu as suscité partout bruit et vacarme, sans pour autant cesser d'écrire et de paraître. Les ennemis de la vie te menacent, et néanmoins tu es montée le vendredi sur le podium pour parler. Tu as insufflé en eux la peur qui étouffera celui qui cèle un mal dans son cœur.

Mon amie, je t'aime sincèrement, j'aime ton mari, j'aime ta fille. Qui prétend que l'amour est honteux, qu'il vienne ici parmi nous, mon épouse et toi, ma chérie ; il apprendra que l'amour est gloire et diadème sur ma tête et sur la tienne.

Mon amie, te souviens-tu de notre conversation dans le train ? Tu n'as pas tergiversé, malgré la douleur du décès qui te frappait, et tu m'as répété que tu ne me délaisserais pas. Notre conversation du soir me manque, t'en souviens-tu ? Te souviens-tu combien je fus heureux de voir ma photo orner ta poitrine et le mur de la chambre de ta fille, Salma ?

Chère Maîtresse de la terre, je ne connais de ta maison que le savoir, la culture, la grandeur, l'inspiration… Je n'oublierai pas la promesse que je t'ai faite, ainsi qu'à moi-même. Si je devais renaître à la vie après ce long emprisonnement, je me rendrais chez toi et, dans ton patio verdoyant, nous trinquerons, ton chéri et toi, ma chérie et moi, tandis que joueront autour de nous nos petits anges, ma fille, mon fils et ta fille.

Jamais je n'ai savouré plus belles paroles que celles-là. J'y devine des liens d'amitié supérieurs entre la famille du Penseur et celle de son amie Ilham. Il y a là des symboles et des attitudes que nul autre qu'eux ne connaît.

Je m'empresse de rendre son cahier au Penseur, sans lui avouer que j'ai manqué de loyauté en lisant sa lettre privée. La voix du chef de dortoir met fin à mes remords :

— Rassemble tes affaires tout de suite, Rachwan, et retrouve-moi à la porte du bloc.

— Pourquoi donc ?

— Le directeur a émis l'ordre de te transférer au bloc des pervers. Allez, remue-toi ! Le soldat qui est devant la porte t'attend.

— Tu veux parler du bloc 18, celui des homos et des transgenres ?

— Oui, le bloc des pervers. Moi, je l'appelle le bloc des efféminés. Y vois-tu un inconvénient ?

Je me résigne en lisant mon ordre de transfert, signé par le directeur de la prison. Impossible de le récuser. Je rassemble rapidement mes affaires, sans même saluer mes compagnons, et me dirige vers mon nouveau bloc sur les pas du militaire, lequel me jette un regard en coin, moqueur et méprisant.

— Bizarre ! Tu as les traits d'un homme, ta poitrine est plate, ton cul aussi… Pourtant, tu as l'air efféminé. Oui, efféminé !

J'entre au bloc 18. À la porte, le chef m'accueille et m'intime de me rendre directement au dortoir numéro 1, qu'il m'indique de la main. Tous les occupants du bloc s'attroupent et m'examinent en silence. Le chef du bloc me rejoint.

— Je m'appelle Soussou. Tu dormiras ici avec moi ; je veux dire que nous serons seuls dans le dortoir, toi et moi.

— Le bloc a si peu de pensionnaires ?

— Nous ne sommes que vingt… ha ! ha !

— Que Dieu vous vienne en aide, mon cher. Ou devrais-je dire ma chère ?

— Comme tu voudras ! Tu t'habitueras à nous, tu verras. Mais je suis surpris qu'on t'ait transféré ici. C'est peut-être que tu es beau gosse… Selon mon goût, en tout cas !

Je souris par politesse à Soussou, ma nouvelle amie dans ce nouvel univers.

— Repose-toi dans ce lit, me dit-il. Ce soir, nous organisons une fête en ton honneur, pour que tu fasses connaissance avec tout le monde.

Avant la tombée du jour, je tire le rideau de mon lit et m'étends sur le dos. Je glisse mes mains sous ma tête et ferme les yeux pour tenter de comprendre ce qui m'arrive.

Soussou fait soudain irruption et se jette sur moi. Il me serre très fort et tente de plaquer ses lèvres sur les miennes. Alors que je lui résiste de toutes mes forces, il se glisse prestement entre mes cuisses. Je couvre mon sexe de mes deux mains et m'efforce de le repousser. Soussou hurle :

— Non, chéri ! Tu vas fâcher Soussou !

— Que veux-tu de moi ? Je ne comprends pas...

— Je veux, chéri, que mes gémissements résonnent jusqu'à l'extrémité du bloc, pour rendre jaloux tous les vertueux !

Soussou me présente au groupe qui danse déjà sur des rythmes du Golfe diffusés par un des téléphones mobiles. Je me mets vite dans l'ambiance et entre dans le cercle avec « elles ». La fête, très animée, se poursuit jusqu'à ce qu'un soldat déboule et ordonne à Soussou de couper immédiatement la musique.

— Que chacune d'entre vous retourne dans sa chambre ! gueule-t-il. Et toi, Soussou, suis-moi...

Je me rends dans ma chambre, suivi par l'une des « filles ».

— Comment t'appelles-tu, mon joli ?

— Rachwan.

— Waouh ! Quel beau prénom… Presque aussi beau que ton corps. Dis-moi, je voulais te demander : connaissais-tu Soussou avant la prison ?

— Non… J'ai fait sa connaissance aujourd'hui.

— Le menteur ! Il nous a dit qu'il te connaissait depuis longtemps.

— Pardon, je suis fatigué et je voudrais aller dormir.

— Très bien, mon joli. Si tu as besoin de quelque chose, n'hésite pas à me le demander. Je m'appelle Mayada. Tu pourras t'installer dans mon dortoir quand Soussou en aura assez de toi et qu'il te foutra dehors.

— Et qu'il me foutra dehors ?

— Soussou est comme ça. Il t'accueille dans sa chambre et, quand il en a assez, il te chasse et nous nous chargeons d'accueillir la personne renvoyée. Soussou est capricieux.

— Sais-tu pourquoi le militaire lui a demandé de sortir du bloc si tard dans la nuit ? Ça m'inquiète…

— Ha ! ha ! Tu te fais du souci pour lui ? Mon cher, Soussou est capable de terroriser à lui seul un pays entier. Tu as le cœur tendre ! Ce militaire s'appelle Maatouk. Et il est amoureux de Soussou.

Les jours s'écoulent avec une lenteur désespérante. Je passe la plupart du temps au téléphone, sur un mobile que j'ai loué 400 rials la semaine. Du trafic clandestin que j'ai effectué pour le compte de Fadi, il me reste une petite somme. Je ne quitte mon espace personnel que pour me rendre aux toilettes et aux repas. Je me force à manger l'immonde nourriture que l'on nous sert pour me maintenir en forme. Qui aurait de l'appétit dans ma situation et dans pareil endroit ? Je fais défiler sur YouTube mes chaînes préférées, m'arrête sur la vidéo d'une fille qui danse. Je contemple ses mouvements avec intérêt.

Mon Dieu, mais… c'est Siham ! Aucune erreur possible, malgré le voile sur son visage et ses vêtements d'un nouveau style. Avec d'autres filles, je m'y serais trompé… mais pas elle ! Je lui en veux d'autant plus… Elle semble avoir choisi sa voie. Je décide de la supprimer de mon répertoire. À tout jamais !

Jamais je n'aurais pensé que l'on puisse placer des individus dans un bloc à part, pour la seule raison qu'ils sont différents. Et cela, sans qu'ils aient commis d'acte plus délictueux que le crime abominable de se prendre pour des femmes.

Dans cette vaste prison, tous les détenus, sans exception, sont opprimés. Mais, comme le dit le Penseur, il existe des degrés dans la servitude. Au bas de l'échelle, il y a ceux qui subissent à cent pour cent l'oppression. Laquelle diminue en fonction de divers facteurs, dont la nature du crime et le poids de la société.

Les criminels sont capables de rire. Oui, ils rient et pleurent comme les autres humains. Vous seriez même impressionnés par la délicatesse de sentiments de certains. Et je me pose la question suivante : est-ce que le criminel naît criminel ? Sommes-nous tous victimes du péché originel ? Quel penchant poussa Caïn à tuer son frère Abel ?

Pendant l'une de ses rondes de routine, ma vieille connaissance, l'officier Saoud, m'aperçoit et m'interpelle.

— Que fais-tu ici ? Rappelle-moi ton nom ?

— Je m'appelle Rachwan, officier.

— Qu'est-ce qui t'a amené dans ce bloc ?

— Ordre du directeur de la prison, sans que j'en sache la raison.

— Ordre du directeur ? Curieux ! Je vais m'en informer tout de suite. Attends ici…

Il sort son téléphone et s'éloigne un peu pour appeler, mais je parviens à l'entendre.

— Bonjour, monsieur le directeur. Il y a là un prisonnier qui s'appelle Rachwan. Il dit avoir été transféré sur votre ordre dans le bloc des pervers… Ah, oui, monsieur… Non, il est avec moi… Je suis certain que c'est quelqu'un de tout à fait normal… Oui, à vos ordres. C'est noté.

L'officier va s'entretenir avec Soussou et lui donner des instructions, puis revient.

— Quelqu'un t'a cafardé auprès de la direction. On a prétendu que tu étais anormal, mais j'ai réglé le problème. Viens, je te ramène à ton bloc d'origine, le 11.

Au fond de moi, curieusement, je ne me sens pas pressé de partir. Pour être franc, je dois dire que je commençais à apprécier et respecter les résidents de ce bloc. Aujourd'hui, je pourrais difficilement me séparer d'eux sans malaise, car ils en sont venus à représenter pour moi une grande famille.

Mon départ prend un tour solennel. Toutes les « filles » se réunissent devant la porte du bloc pour me dire au revoir. Soussou parle en leur nom, la larme à l'œil.

— Au revoir, brigand du cœur ! Tu nous as volé notre cœur à tous. Tu nous as traités comme des êtres normaux, sans nous regarder de haut comme font les autres. Ici, en dépit de ton séjour trop court parmi nous, nous te devons beaucoup, cher Rachwan.

— C'est moi qui ai une dette envers vous. Grâce à vous et à votre contact, beaucoup des idées que j'avais sur votre compte sont tombées. Vous allez toutes me manquer, les « filles » !

L'officier Saoud, qui assiste aux adieux, est stupéfait :

— Incroyable… Ces efféminés ont bien des sentiments délicats !

Je réprime ma colère en entendant ces paroles et marche devant lui en direction de mon ancien bloc, celui des bêtes sauvages, comme je l'appelle dorénavant en mon for intérieur.

2

— Me croiras-tu, Majed ? Tes histoires m'ont manqué. Dis-moi, que s'est-il passé dans le bloc depuis mon départ ?

— Toi aussi, tu nous as manqué, Rachwan. Tu as raté plein d'événements !

— Raconte-moi seulement les derniers, sans les rumeurs.

— En prison, pas d'événements sans rumeurs pour les attiser. Mais avant que j'oublie : nous avons reçu un nouveau prisonnier, il y a deux jours. Condamné pour tentative de meurtre sur sa femme.

— Et sait-on les raisons de son acte ?

— Je crois que tu es le seul ici à en savoir quelque chose.

— Que veux-tu dire ? Comment pourrais-je savoir quoi que ce soit ?

— Parce que tu es le seul à connaître cet homme.

— Je le connais ?

— Oui. Ton prénom a été mentionné par hasard devant lui. Il a paru surpris et a demandé à connaître ton patronyme et d'où tu venais. Il a tout de suite affirmé qu'il te connaissait parfaitement.

— Et comment s'appelle-t-il ?

— Khaled.

— Pas possible ! Khaled était mon garant. Et maintenant il est ici ? Dans quel dortoir ?

— Le 3.

— Il m'en veut sûrement. Je parie qu'il va chercher à se venger…

— Pourquoi, que lui as-tu fait ?

— J'avais une liaison avec Safi, son épouse. Elle a pris fin avant que j'entre en prison, quand j'ai découvert qu'elle ne m'aimait pas et entretenait des relations avec d'autres hommes.

— Il a dû tenter de la tuer après avoir découvert qu'elle entretenait des relations avec toi ou avec un autre…

— Je n'en sais rien. Mais je ne suis pas du tout rassuré de le savoir ici.

— Prends garde alors de ne pas te trouver seul en sa présence et de ne pas sortir seul du dortoir. Quand tu te rendras aux douches, fais-toi accompagner !

Quel étrange hasard que celui qui nous réunit, Khaled et moi, après tout ce temps. Et où cela ? En prison ! Le destin des vivants est de se rencontrer, même tard.

Je ne veux pas m'embrouiller avec Khaled, tout au moins pas au cours des jours qui viennent. J'ai mieux à faire : me débarrasser de la peur une fois pour toutes, afin de parvenir à mon nouvel objectif : devenir sous peu l'un des principaux trafiquants de drogue. Ici, tout est possible. Récemment, une opération inédite a pris de cours les gardiens. Deux mille pilules de Captagon ont été introduites grâce à un drone qui a atterri sur l'un des toits. Mais, quoique audacieuse, cette méthode présente nombre d'inconvénients par rapport aux circuits traditionnels, qui s'appuient sur des complicités dans le personnel pénitentiaire. Et, comme chacun sait, l'argent est roi. Celui qui arrose a finalement gain de cause.

Ici, seul l'argent procure la puissance. Et le moyen le plus rapide d'en obtenir est de vendre de la drogue en grandes quantités dans toute la prison. Pour commencer, je dois prendre exemple sur Râm, m'investir tout comme lui dans la contrebande. Il me faudra fouler aux pieds mes propres principes. Me débarrasser de mes émotions et de mes sentiments. Tout au moins au début, pour me mettre au service de Râm. Je travaillerai dans son équipe et m'efforcerai d'apprendre comment introduire de la drogue dans la prison, comment la distribuer et où la stocker.

Une nuit, je me heurte à Khaled en me rendant aux toilettes. Figé, je bafouille et avale ma salive, craignant sa réaction. Mais Khaled se tait et me dévisage. De loin, Majed nous a aperçus face à face et arrive en courant. Il invoque le Prophète et répète que tout conflit peut se régler par l'entente.

— Qui t'a parlé d'un différend entre mon ami Rachwan et moi ? réplique vivement Khaled. N'est-ce pas, Rachwan, qu'il n'y en a pas ?

— Non, bien sûr.

Son silence et sa froideur m'incitent à la prudence. Je ne jurerais pas qu'il ne cèle pas en son cœur quelque mauvais projet me concernant. Les jours prochains me le diront.

Il m'a fallu beaucoup insister pour que Râm accepte enfin que je travaille pour lui. Toutefois, il exige que je lui raconte tout mon passé en Arabie saoudite, en insistant sur les épisodes les plus sensibles. Sa demande m'a surpris, mais Majed m'a assuré que je lui ai fait bonne impression. Si Râm veut tout savoir sur moi, c'est qu'il projette de faire de moi l'un de ses hommes de confiance.

— Merci pour votre confiance, Râm. J'espère que je serai à la hauteur, dis-je en m'asseyant devant lui.

— Tu m'as l'air d'un homme ambitieux. Je vois dans ton visage l'enthousiasme de la jeunesse. Mais dis-moi, que faisais-tu avant d'entrer en prison ?

— J'étais chauffeur chez un particulier.

— Et pourquoi as-tu été condamné ?

— On m'a arrêté avec mon amie parce qu'elle était enceinte et que nous n'étions pas mariés.

— Je vois… Et ton amie est-elle syrienne, comme toi ?

— Non, elle est yéménite. Elle s'appelle Siham.

— Siham… Siham Adini ?

— Oui. Vous la connaissez ?

— Pas moi. Un de mes amis. Sais-tu où elle se trouve aujourd'hui ?

— Nous sommes séparés depuis quelque temps. Depuis sa sortie de prison, je ne sais rien d'elle.

Je me sens mal à l'aise. L'expression de Râm a changé. J'ai le sentiment qu'il connaît Siham personnellement, et non par un ami. Serait-ce une autre de ces coïncidences qui ne cessent de me poursuivre et de me surprendre ?

3

Aujourd'hui, Khaled va emménager dans mon dortoir et occuper un lit proche du mien. Je l'aide à porter ses affaires. Comme je passe devant lui, il m'administre une tape sur les fesses en plaisantant :

— Par Dieu, Rachwan, tu as mûri !

Je me retourne et souris. Nouvelle tape. Nous nous asseyons tous deux sur mon lit.

— Dis donc, Rachwan… Il y a longtemps que je voulais t'en parler… Sais-tu que je suis très épris de toi ?

— Épris de moi ? Comment ça ?

— Je parlais toujours de toi avec admiration à Safi. Ton nom était dans toutes nos conversations, y compris les plus intimes.

— De moi ?

— Ton visage est tout rouge ! Détends-toi…

— Non, non… Tout va bien.

— Que penses-tu des relations entre hommes, Rachwan ?

— Franchement, je…

— Je n'aime guère que l'on me réponde en commençant par « franchement » ou par « en vérité »…

— En prison, je suis devenu bisexuel.

— Oh… Comme c'est intéressant ! Tu es donc devenu bisexuel, comme moi. Vraiment intéressant ! Je ne m'attendais pas du tout à ça. C'était d'ailleurs un point de divergence entre Safi et moi. Elle détestait l'idée que j'aie une relation avec un homme.

— Mme Safi ? Ah bon ?

— À propos, je suis au courant de votre liaison.

— Que savez-vous ?

— Tout. Depuis le moment où vous vous êtes vus pendant la fête. N'aie pas l'air surpris : tout était arrangé, y compris la grossesse de Safi, un mensonge pour t'amener à interrompre vos rapports. Car tu as été trop loin. Tu es tombé amoureux d'elle, tu devenais jaloux ; or nous voulions seulement jouer.

— Jouer ?

— C'était l'un de nos jeux préférés. Mais aujourd'hui, tout est fini entre elle et moi. Surtout depuis qu'elle sait que je t'aime.

— Que vous m'aimez ?

— Oui, de tout mon cœur. Si j'ai été condamné, c'est à la suite d'une dispute avec elle, à cause de toi. Mais maintenant, je suis heureux. Car je suis entré en prison pour te retrouver et rester près de toi. Rachwan, mon chéri… Je t'aime !

— En vérité, Khaled, vous me surprenez. Vous me choquez, même !

— Prends la chose différemment. Demande-toi pourquoi le sort nous a réunis sur ce lit…

Khaled s'approche. La chaleur m'envahit et me monte à la tête. Je ferme les yeux. Ce lit sera le témoin de ma première étreinte consentie avec un homme.

4

Les jours passent et mon bonheur ne décroît pas. J'aime Khaled de tout mon cœur. Jamais je n'aurais imaginé aimer un homme, encore moins Khaled. Et où donc ? En prison. Sait-on jamais les raisons de l'amour ? C'est le fruit du destin, la volonté du Créateur qui détermine ce que nous voulons en toute chose. Pour que nous devenions meilleurs, ou ce que nous appelons meilleurs, il nous faut envisager notre vie sous un angle nouveau, différent de celui auquel nous étions habitués et dont nous sommes lassés. J'avais un but et un rêve et je ne le savais pas.

Quand nous serons sortis de prison, Khaled et moi irons en Allemagne où nous pourrons vivre notre vie.

Quand un homme cherche à réaliser un rêve, il reprend goût à la vie. Elle acquiert à ses yeux un sens et une valeur magnifiques. Et tant pis si ce rêve déplaît. L'important est qu'il lui plaise à lui, pleinement.

La vie est brève. Tâche de vivre selon tes désirs, et non comme le voudraient les autres. Pourquoi s'éterniser dans le regret ?

Par la fenêtre de la chambre, qui offre une vue étroite sur l'extérieur, j'observe les habitations populaires qui entourent la prison. Derrière ces rues bouillonne le renouveau. Par-delà ces vieilles ruelles, la prostitution lugubre et les remugles infects, les aliments périmés, les crimes odieux et la misère insondable, en dépit de tout ce malheur et de toute cette pauvreté, il y a de l'humanité. Il y a des liens sociaux. Il y a une vie belle et simple. Là-bas, dans les impasses malodorantes, vivent un millier d'aventuriers.

Là-bas…

Table

Remerciements

J'exprime toute ma gratitude à François Zabbal, mon traducteur, dont l'aide et les conseils m'ont été précieux tout au long de l'élaboration de ce roman.

Cet ouvrage a été composé
par Facompo
à Lisieux (Calvados)

Impression réalisée par

NORMANDIE ROTO IMPRESSION S.A.S.
à Lonrai (Orne)

en avril 2021
pour le compte des Éditions de l'Archipel,
département éditorial
de la S.A.S. Écriture-Communication

Imprimé en France
N° d'impression : 2101020
Dépôt légal : mai 2021